La musique pour l'île déserte

無人島のための音楽

Katsura Ito

伊藤 桂

文芸社

I

六月初旬のある日、パリで音弥《おとや》は死にかけていた、しかも心中を図って。

六月のパリは日本の梅雨とは無縁のまばゆい青空が広がる。その日も快適で過ごしやすかったただろう。とはいえ、ホテルで音弥が自殺を企てたのは真夜中近くで、空は闇に凌駕されていた。音弥と相手はパリ郊外のヌイイのアメリカン病院に担ぎこまれた。

病院から日本に連絡が届いた日は、六月の東京に目に染みるような青空が広がった。

その日は平日だった。晴天を別にすればいつもと変わらない。働きたくないね、こんなに晴れてさ、というあいさつをわたしの職場で交わしたのが唯一の違いといえる。

いや、わたしは昼休みに外に出ようと決めたのだった。

いつもどおり食事を独りで済ませ、倉庫街の一角のだだっ広い公園に行き、ベンチで本を読んだ。久々の太陽はまぶしく、首筋をちりりと焼く。湿気を飛ばして吹く風は、わたしのベンチから離れて固まっている女子社員のスカートのすそをまくりあげ、彼女たちはそのたびにきゃあきゃあ騒いだ。

青空と空気の乾き具合はすばらしかった。翌日から雨に降りこめられる毎日になるのだが。乾いた青空のもとでも、わたしはビールや冷えた辛口の白ワインをもう飲みたいとは思わない。ほんの一ヶ月前なら、天気にかこつけて飲めるのを内心喜んだだろう。

ねえ、博子、こんなに奇跡的に晴れたし、飲んでもいいはずよ。

こうした自分への言い訳に夢中で飛びついただろう。

でも今は違う。そう気づくと自分に微笑みたくなるし、身震いも覚える。

上天気は丸一日持った。

職場からの帰り電車から川を見ると、幅広い流れの上に入道雲が浮かんでいる。雲は夕陽を受けて血を吸った脱脂綿のようだ。上天気のまま、一日は静かに終わろうとしていた。

静から音弥の心中騒ぎを知らせる電話が鳴るまでは。

はじめて音弥に会ったのは高校三年だった。クラスは違った。静とわたしが同じクラスでなかったら、音弥の噂は耳にしても本人と話すことはなかっただろう。静と音弥は小学校一年から同じピアノ教室に通った幼なじみだった。

音弥の噂とは、同級生を妊娠させたため音大付属の高校を退学し、わたしたちの高校に編入せざるを得なかった、というものだ。確かにわたしたちの高校は普通の進学校で音楽科はない。

さらに音弥は編入するまで一年間学校に通わなかった。といっても、おとなしくしていたわけでもなく人妻と付き合って、ほどなく相手の夫にばれて大騒ぎになった、ともささやかれていた。

当の音弥は噂を意に介する様子も見せない。周囲は音弥を敬遠していた。無理もない。なにしろデビューは十歳、大人をしのぐテクニックとこまやかながら時にぐっと迫る音楽表現で神童の呼び声が高かった人間だ。必要な単位を取るために学校にいたのであり、周りとは徹底的に距離をとり、自分の集中力と気力を音楽のためだけにとっていたのは傍目にもよくわかった。まあ、とっつきにくい存在だったのだ。

デビューからショパンを弾き、うまくこなす。だが、あまりに何回も弾かされたため、わたしとはじめて会った時、ショパンには飽き飽きした、と音弥は言い放った。

すかさず、横の静が口をはさんだ。

「ぬけぬけと言うわね、飽き飽きした、ですって？　あんたには弾けない人間の苦しみがちっともわからないくせに。簡単に弾けるからって、ショパンのよさがわかっているのかしら？」

これに対し、音弥はにやにやと笑うばかりだった。わたしはなにも言わなかった。静はわたしをかばった。わたしはショパンが大好きだったから。

わたしはショパンに限らず、クラシックはよく聴いた。生まれてからずっと聴いていたし、家では他の音楽を聴くことは許されなかった。

もっとも音弥や静のように演奏はしない。それでも、静とわたしが仲良くなったきっかけはクラシックだった。

そして、音弥とも。静をわたしたちのクラスに探しに来た音弥は、コンサートの切符を話題にした。演奏者の名を知っていたわたしは話に加わった。話題が音楽となると、とっつきにくさは消え音弥はむしろ人なつっこくなった。

そうして音弥とわたしは出会った。


独り暮らしの音弥の部屋に、高三の半ばからわたしは日曜日ごとに行った。

十一月、まだコートがいらない冬のはじまりの一日。あの頃お気に入りだったセーターを着ている。深緑のタートルネック。緑色のタータンチェックの巻きスカートを合わせ、足元は黒のハイソックスに、ハルタの黒のローファー。茶のジャケットを上に着て、同色のマフラーを首に巻く。図書館に勉強しに行きます、と言って疑われないと思っていた服装だ。

I

わたしの記憶のなかであの部屋は常に明るい。

初冬の陽射しはほのかな明るさ、まるで水に溶いたような光の加減。窓からの光は部屋を穏やかに満たしている。陽の光であせたブルーのカーテン、もっと濃い同色のシーツ、うねうねと反射する時計のガラスがよみがえる。

そして音弥はわたしの首に手を添えた。

しばらくどの指にも力を入れないまま、音弥はベッドに横たわったわたしを見下ろしていた。両膝をわたしの体の脇に着いている。そっと指全部に力がこもる。首の皮膚はむしろ指の冷たさに震えた。苦しさは、まだない。ゆっくりとすこしずつ力が増していく。このあたりから指は頑丈な鎖となって首に巻きつく。苦しくなり、息を吐きだす。目を閉じるとあたりは真赤だった。

苦しい、ともらしたら力が一気に加わった。

馬乗りになった音弥の顔を、薄目をあけて見る。首を絞められているのが自分のように苦しげだ。歪めた顔は洗い立ての布の白さで、唇は紫に変わっている。でもほんのわずか別のものがあった。

急に指から力が抜けた。

音弥はすばやく体を浮かせ、ベッドから飛び降りる。洗面所の戸を乱暴に開ける音がわたしの耳に響いた。


わたしはいつも怖がらなかった、決して。

そのことを音弥は気に入っていた。

君には勇気があるよ、博ちゃん、とも言った。

こんなことが勇気かどうかわからない。でも、殺すのも殺されるのも突きつめれば同じだと思う、とわたしは言う。

音弥は感心した顔つきになった。

わたしたちは窮屈なベッドに寝そべり、音弥はキスをしてきた。首を絞めた後は、いつもより念入りに。ずっと黙ったままだった。

わたしは目をつぶる。先ほどの真赤な闇はもうない。わたしの体をまさぐる手が服に触れると静電気が起き、ぱちぱちという音がした。

手の動きがとまる。目をあけると、空を映して真青なガラス窓が見えた。青に赤が混じる夕映えがはじまったら、わたしはここを出る。それもかなり急いで。なぜならわたしが受験勉強しているはずの図書館は五時で閉館するからだ。

音弥は両腕で自分を抱き、じっとわたしを見ていた。視線が合うと、音弥は痛みをこらえるようにぎゅっと目をつぶった。

わたしは質問をしたくなった。

「音弥は死体をどうするの？　その後」

「他人事みたいに言うんだな、まったく」

音弥は目をあけて言った。

「しばらくは一緒にいる。今ならどんどん寒くなるから、夏みたいに死体は臭わないさ。博ちゃんがここに来ているのを君の親は知らないから、捜索は後になる。君は僕に殺されても、誰にも気づかれないいね」

音弥はわたしを見据えた。

「無理だよ。静が嗅ぎつける。警察を連れてここのドアをノックするわよ、きっと」

「そうだった。でも、静なら警察なしでこちらの息の根をとめるさ」

実際、静ならやりかねない。わたしを殺したら容赦しない、静は音弥に宣言した。続けて、ピアノを目の前にして、時間をかけて音弥の指を一本一本つぶす、とも言った。

わたしたちのこうしたこと、キスも首絞めもすべてが静に筒抜けだった。音弥が筒抜けにした。わたしが帰ると、静に電話をかけ逐一報告した。この悪趣味な習慣を知って、わたしははじめ動揺した。が、筒抜けにするのを音弥と静は悪趣味とも異常とも思っていない。

二人はいわば血のつながらない双子だった。家庭環境も似通い、一緒の家に育ったとしてもここまで近しい存在にはならなかっただろう。仲の悪い両親、家は裕福、そしてピアノ。学校が違ってもピアノ教室で顔を合わせ、電話をかけ合った。

二人には友人というものがいなかった。学校から帰ったらピアノが待っている生活だったが、それだけではないだろう。なにかにつけて群を抜いていた彼らは、それだからこそ、周りから遠巻きに見つめられていた。そんな二人に割りこんだのがわたしだった。

割りこもうとしてではない。わたしはクラシックを聴くことを別にすれば、二人とはかけ離れた、どちらかというと目立たない生徒だった。

おそらく彼らにとってはじめての友人だったのだ。二人ともわたしを大切に扱ってくれた。ただし、彼ら独自の流儀で。

手加減を彼らは知らなかった。愛情の手加減を。

音弥を知る前、静はわたしをいろんな場所に連れ回した。コンサートに誘い、ビリヤードも教えた。学校帰りにお茶することも。私立だったこともあって、高校の校則は厳しかった。それに挑戦するかのように、静はわたしを誘った。

わたしはあらがわなかった。

誘う時、静は一種の悲壮感を秘めていたから。見回りの教師に見つかろうものなら、自分の命をなげうってもわたしを逃がしそうだった。親しくなる前、冷淡とも見えた静はのめりこむように、わたしを気づかった。

電話（そして罵倒）の翌日は、それが顕著だった。教室で静はわたしを心配そうに迎えた。わたしはその心配がただうれしくて、甘えた。

感情をあらわにしない静が机や椅子につまずきながらやってきて、わたしを見守る。とても低い声で音弥を罵倒する言葉を口にする。ぶつかりそうな近さでも聞き取れない低さで。わたしたちは時間の許す限り、そう、授業のベルが鳴るまで見つめ合う。気をつけていれば、わたしにもわかったはずだ。親切と呼ぶには行きすぎた心配の正体を。

高三の終わり頃、わたしがまずくその正体を知った時、静はわたしを憎んだ。隠した愛情に気づいたわたしを憎んだ。

音弥も静から激しく憎まれた。音弥は必要な単位を取ると学校に来なかったから、わたしのように静と顔を合わせる気まずさはなかったはずだ。でも、電話は続いていた。

音弥は卒業式にも出なかった。高校の事務局に親戚がいて便宜を図ってもらえたし、編入もできた。

卒業後、海外のピアノ・コンクールで優勝し、そのままヨーロッパの音楽院に入学した。

その後、音弥はピアニストとしてパリに居をかまえた。


音弥は手紙を書かない。一度もらったが、必死で書いたと音弥は言った。どう見ても伝言メモにしか見えない代物だったが。

「手紙には音がない。気持をうまく伝えられるか、自信がないんだ。書いた手紙を読み返すと、いつも箱に入った骨を見ているような嫌な気分になる。音が死んで、気持が死んだようでさ。そんなのを君に出したくないよ、博ちゃん」と、音弥は説明したけど。

ヨーロッパの音弥から連絡はとだえてしまった。国際電話なし、エア・メールもやはりなし。国際電話がなくて、内心ほっとしていた。大学生になったばかりのわたしはまだ家を出ていない。わたしは音弥の消息よりも家族の顔色を気にして暮らしていた。

家で音弥の名を出したことはない、決して。

音弥との付き合いを話せるくらいなら、別の生活をわたしと家族は送れたはずだ。緊張を強いられない生活を。アルコールがすべてをめちゃめちゃにしない生活を。

アルコールの入った父はすぐ機嫌を損ねた。洗面台に髪の毛が落ちていた、と言っては母を殴った。

母はいつも細心の注意を払ったが、晩酌をする夕食は修羅場になる。で、晩酌は毎日だ。母はまるで父に協力するように殴られていた。そんなに殴られるなら、別れたらいいだろうと人は言うだろう。また、別れないなら大したことはないと。理不尽な理由でひどく殴られても別れない、それはわたしが生まれてこのかた目にし続けてきたことなのだ。

この家でわたしは音弥のことを口に出せない。母はわたしがいつまでも子どもでない、と知ったら動揺するだろう。母は子どものために別れない、と始終言っていた。もしわたしが他人と暮らすのに家を出たら、母は別れない理由をどこで見つけてくるのか。

コンクールを控え日本を離れる間際、音弥は言った。

「いつかきっと会うよ、時が満ちればね」と。

わたしはこのセリフを疑わなかった。大学入学と卒業後の二回手紙を出し、返事が来なくても疑わなかった。もっとも返事はなくてもいい、とわたしは書いた。結果はなしのつぶてで、がっかりしたけど。それでも、音弥とまた会えると信じていた。

ところが、静は音弥のニュースを逐一伝えた。

コンクールの優勝や音弥の活躍ぶり、それにスキャンダル。静の狙いはわたしの信念をぐらつかせること。それからわたしに音弥と緊密に連絡をとらせることの二つだった。後のほうの狙いは奇妙に見える。

最初の狙いは、静がわたしをあきらめたふりをしていただけ、と思えば納得できる。公然と憎しみをわたしにぶつけたが、それも擬態ということだ。忘れさせようと音弥の悪口を言って、自分に振り向かせようという魂胆か。

そうなると、わたしに音弥と連絡をとらせるのはおかしい。でも、静はしつこく勧めた。

わたしは連絡しなかったが、静と会うことはやめられなかった。静の提供する音弥のニュースは時折とげのようにわたしを刺したが、むさぼるように聞いてしまう。一喜一憂しながら、静と会い続けた。

ある日、わたしはすべてが嫌になった。会うたびに不安材料を取り揃える静を憎らしく思った。音弥のことは聞きたくない、連絡するつもりもない、だからもう静と会わない、と酷薄にぶちまけた。

静が結婚を決める直前だった。静は言い返さない。片頬に手をあてて考えこむポーズをとる。うつむいた顔が突然激しく歪んだ。痛みに耐える目つき、腕が折れたような。

腕を折ったのはわたし？　わたしは目を伏せる。周りの空気は重苦しくなった。

ああ、そう、と唐突に静は言葉を発した。言うといつもの淡々とした静に戻った。

その後、静の結婚式の二次会で会ったのを抜かせば、顔を合わせなかったし、電話や手紙のやりとりもない。二次会の静はほとんど普段どおりの、どこか冷静すぎる花嫁だった。わたしは静を思いだすとしたら、まず冷静で淡々とした表情が浮かぶだろうな、と思った。

だが、今回は違った。受話器に耳を当てると、静の狂ったような叫び声が耳を打った。

「音弥が心中をしたのよ！」

Ⅱ

渡欧直後、音弥はピアノ・コンクールで見事に優勝した。

課題曲はブラームスのコンチェルト第一番だ。オーケストラの序奏が終わり、音弥が最初のフレーズを弾いた瞬間、楽団員や観客からさざなみのようなため息がもれた。

そのフレーズは水際立ってすばらしく、ピアニスト音弥の明るい未来を約束するかのようだった。演奏が進むにつれて、それが確実になるのをヴィデオは記録していた。

しばらく画面はオーケストラ全体を映していく。舞台はライトで照らされ、弦楽器の木目の肌は甲虫のようにつややか、金管楽器はまばゆい金色の光を放つ。ピアノは影を集めたようにどっしりと黒い。

音弥の横顔がアップになる。普段の音弥はまるで汗をかかず、寒がりだった。手を握られると、わたしは手の冷たさにいつも驚いた。が、ヴィデオではびっしょりと汗をかき、別人だ。この汗の量ならよく似合っている燕尾服は一晩で使い物にならなくなるだろう。

音弥は苦しげな顔つきだった。わたしの知っている音弥はこうじゃなかった。人前では無表情なまでに取り澄まし、顔の表情を人に気取られまいとかまえていたが、今は違う。大勢を前にしても、音楽に打ちこむ音弥は苦しさを隠そうともしない。曲は終わりに近づき、体のしなやかな動きと顔つきがクライマックスに向けて引きしまりはじめていた。時折開く口が妙に赤く、なまめかしかった。もはや苦しいだけの表情ではない。そう、それをわたしはよく知っている。苦痛と快楽が入り混じった表情を。

楽団員や審査員や観客は、その表情、その異様さにまるで感づいていない。観客などは、汗で一筋の前髪が額に張りついた十九歳の青年の若さと美しさに魅了されているのだ。

そんな音弥を美しいとわたしも思う。だが、表情のあからさまな音弥を見て、わたしはいつしか片頰の内側を嚙んでいた。しばらく痛みに気がつかなかった。

自分だけに見せる。

そう思っていた表情を見て、決まり悪さとくやしさが全身を走った。

優勝のヴィデオを静から渡された時、わたしは大学に入ったばかりだった。苦労して入った大学に早くも失望していた。授業は退屈で無味乾燥だったから、裏切られたと思った。受験勉強のストレスでできた円形脱毛症を鏡で見るたび、その思いは強くなる。

実のところ、授業が退屈でなくても、わたしはもう駄目だった。わたしは出だしに無理なスパートをかけたマラソン・ランナーだ。息切れして後が続かない。人生の道のりで、早くもすでに。

それでも大学に通ったのは、家にいるよりはましだったからだ。

大学では親しい友人をつくらなかった。周りの出来事もわたしの気を惹かなかった。ただ、朝遅くまで寝ていられる自由な時間割はわたしを混乱させた。規則正しい生活に慣れていて、高校では卒業の際皆勤賞をもらったほどだ。ほんとうは一日休んだけれど、担任はすっかり忘れていた。担任にとって、わたしは皆勤賞を取ってもおかしくないほど、きまじめな生徒に映っていたのだ。一日の休みくらい「誤差」として修正したのか。賞品として写真アルバムを一冊もらった。でも、どんな写真でアルバムを埋めればいいのか。大学では一緒にカメラに収まりたい仲間はいないし、記念すべき輝かしい生活とは縁がない。

思えば高校時代だって輝かしいことがあっただろうか。成績は中の下で、かなり努力しないと付属の大学でも受かるのは難しかった。

音弥と日曜日を過ごすため、必死で時間をやりくりして勉強した。家では父が母を殴りだすと一時間はとまらず、その間はさすがに勉強が手につかなくて、時間はますます減る。父は手当たり次第にものを壊した。食膳の上の茶碗も味噌椀もおかずの入った皿も、もちろんその中身も。食べ終わった後にはじまれば、茶殻がつまった急須が飛んだ。茶殻で掃除をするとほこりがよく取れる、とのちに聞かされた時、わたしは急に押し黙り相手を当惑させた。片付けはわたしの役目だったから。畳に染みこんだ味噌汁、べたつく米粒を丹念に除いていくのはいつもわたし。母は破壊の跡を前にただ座っていた。小声でずっと歌っている。メロディーが繰り返されていつまでも終わらない歌を。かすれて甲高い声だった。掃除をして、さも片付けて二階へ行くわたしに「勉強はどうしたの?」と母は声をかける。わたしが勉強をサボったかのように。だが、なぜか声は無邪気に響いた。

昼間は授業をだらだらと受け、それでも時間がある。講義が少ない日は遅くまで寝ていた。そのまま大学を休んでしまう。すると夜眠れなくなる。昼間寝たり起きたりするうちに、不眠はひどくなった。昼は昼で目をあいたまま寝ているように頭はぼんやりしていた。意識は奥の部屋に引き下がり、眠っている。

その部屋の扉を叩き、わたしの意識を陽のもとに引きずりだしたのが、静だった。

静は土壇場になって進路変更し、音大のピアノ科を受験した。女子大だった。

静の大学のレベルは低く、そこで音弥のようにコンサート・ピアニストを目指すのは無謀だった。在校生や卒業生で国際的な活躍をする一流の演奏家は皆無だ。またそれをよしとする校風で、あまりに音楽に打ちこむと「がつがつしている」と受け取られる。卒業後、音楽教師などの職につくのも約半数というのんびりしたところだ。

ぎりぎりまで普通の大学に進学しようとしていたとはいえ、静の実力ならもっと上のレベルに進めたはずだ。どうしてぬるま湯的音大で四年間過ごそうと決めたか、わたしには理解できなかった。ぬるま湯でも音大ならではの情報網がちゃんとある。音弥の成功と活躍のニュースを、静はいち早くしかも確実に入手できた。ニュースを餌に、静はわたしを釣りあげた。

わたしは静と会った。

とろんとした目つき、しばしば食事を忘れるため痩せた体、間延びした口調に静は気がついただろう。でも、なにも言わなかった。

静は音弥の優勝のニュースを聞かせた。

わたしの心の池に小石が投げこまれた。それはゆるく波紋を起こし、やがて水面をなだらかにしていった。どれだけ時間がかかったことだろう。

静の目には、わたしがニュースの内容にも、目の前の静にもまったく関心を払わないように映っただろう。なにしろ、あいづち一つ打たず、間の悪さが広がっても阿呆のように黙っている。露骨に静は顔をしかめた。わたしはそれにも反応しない。

わたしの態度に変化がないのを見て取ると、静はヴィデオ・テープを押しやった。切れ長の瞳には自信があふれていた。

「百聞は一見にしかず、ってこのことかしらね。よく見とくといいわ。でも、これはほんの一部よ。もっと知りたいなら、方法はわかっているわね。まさか、電話のかけ方を忘れたなんて言わないでよ」

言うと静は立ちあがって、喫茶店を出ていった。わたしはあわてて後を追った。レジで代金を払おうとしたら、静が済ませていた。扉の外にはすでに静の姿はなかった。


音弥のヴィデオが終わって画面が白くなり、巻き戻しをはじめたヴィデオが自動的に出てくるまで、わたしは身動きしなかった。

最初にしたのは酒を飲むことだった。見ている最中から胸の奥がざわついてならなかった。最初、静の自信にあふれた瞳がよみがえった。この餌、静は引きが強いと踏んだことだろう。わたしは静に引き寄せられ、音弥のニュースを聞くだろう。ただ、静を恨むにはその時のわたしはあまりにヴィデオに心を奪われていた。

ざわつくなにかから解放されたい。足を忍ばせて台所まで降り、父の酒を飲んだ。焼酎だが、割らないで生ぬるいまま一気にあおった。それまで酒とは、酒瓶が残り少なければ父が飲まないように流しに捨て、多めなら水を増すものだった。

今や、わたしが飲んでいる。ごくりごくりと喉を鳴らして飲んでいる。家中に広がり眠る両親を起こしてしまう、と思うほどその音は大きく耳に響いた。逆に二人のいびきが聞こえた。

酒を味わう余裕などなかった。蛾でも飲みこんで、消毒のために流し入れるみたいだ。実際、蛾が胸でばたばたともがいているように苦しい。

酔いはわたしに追いはぎのように襲いかかり、身ぐるみはぐように意識を持ち去った。

Ⅲ

今回の心中騒ぎの第一報を受け、静の情報網のすばやさにわたしは舌を巻いた。ただ音大がらみではなく、別のルートからだった。それでも、静と音弥の並々ならぬつながりを改めてわたしは知らされた。

第一報は静に異様なほど早く伝わった。静も教わったピアノ教師は音弥の母親の相談役だった。フランス語の堪能な人間を知らないか、と母親は教師に電話した。細かい事情を把握するのに、どうしてもフランス語のできる人間が必要だった。

そこで静の夫の出番となった。二ヶ月前の四月に結婚した静の夫は、数学の研究者だ。優秀な数学者を輩出したパリの研究所に留学していた。現在も研究生活のかたわら、個人教授をするほどフランス語をはじめ、語学に精通している。ピアノの教師は彼らの結婚披露宴に招かれていたので、思いだし静に電話した。

「ごめんね」、と静は震える声を絞りだし、わたしに謝った。「すぐにかけたかったのに、指が震えて番号が押せなかったの。七度目にようやくダイヤルできたわ。ねえ、博ちゃん、信じられる、指が上下に揺れるなんて？　指だけじゃないわ、体が揺れっぱなしなの、今」

そう言われても、震える静を思い浮かべられない。それまで静はいつも冷静だったから。

高校の授業中に女子生徒のお母さんの訃報が届いた。突然の事故だった。当の生徒は泣きながら、教師に付き添われて教室を出た。その後、クラスの女子は連鎖反応的に泣きだした。静とわたしを除いて。

「いつ収まるかしら」

そう静は言った。わたしだけに聞こえるようにささやいた。ささやきは、ただでさえ「泣き遅れている」わたしをぴしりと打った。もう泣き真似すらできない。

静はわかっていた。わたしがその場限りに終わる熱狂についていけず、むしろ嫌悪していたのを。その嫌悪を静も抱いていることを、顔の筋肉一つ動かさずに冷やかにわたしに伝えた。共感したものの、わたしは怖いと思わずにはいられなかった。


音弥が心中を図った。

そう聞いて、わたしは胸に刃物を押しこまれたように苦しくなったが、静の取り乱しようが刃物を引き抜く。静の冷静さは、陽の当たった雪のように跡形もない。かすれた声と鼻をすする耳障りな音を聞くうち、湿った涙の匂いが鼻を刺した。匂いはわたしの鼻の粘膜、目、唇に付着し、体内に入りこむ。体の奥に氷が張ったように全身が冷たい。もっとも、先ほどまでわたしもベッドで泣いていた。自分の涙の匂いかもしれない。

深く息を吸い、気持を落ち着かせて静をうながした。

静は当分泣きやみそうにもなかった。また、静から聞きだせたことはわずかだ。でも、それで満足しなくてはならない。

わたしは早く電話を切るように勧めた。静の夫から電話があってもつながらないし、それはまずい。わたしたちに必要なのは最新情報だからと、何度か受話器を置こうとした。そのたびに体のどこかを切りつけられたような叫びをあげて、静は引き伸ばすのだった。

やっとのことで電話を切った。

その時点でわかったことは、ある女性と音弥がパリのホテルで自殺を図り、パリ郊外のアメリカン病院に収容されたことくらいだった。

生死もはっきりしない。自殺の手段もわからない。助かる見こみがあるのか、脳に障害が残るのか、またピアノを弾けなくなるようなケガをしたかもわからなかった。

静からの連絡をじりじりと待った。ようやく電話をしてきた時、夫が詳細を知らせるのをしぶったためと静は説明した。息子の不祥事をピアノ教師にあっさりと打ち明けた音弥の母親と僕は違う。そう言って静の夫は厳重に口どめした。「ちょっとした口論」になったらしい。

静はめったに口論しないが、一旦はじまるとなかなか大変だった。自分の主張を最後まで言わないと絶対気が済まなかったし、また負けず嫌いだった。音弥と音楽の解釈をめぐり、ついには席をけるように立って、仁王立ちのまま議論していたこともあった。今回の口論がどんな騒ぎになったか、想像してあまりある。

だいたい、わたしと音弥とは赤の他人だろ、と言う夫に向かう静の姿。きっと悲壮感あふれるとともにどこか喜劇的だろう。

音弥ならまず笑いだすかもしれない。ふとそう思った。

一人っ子の音弥にとって、母親は以前暴君だったが今は奴隷だった。

元ピアノ教師の母親は音弥に三歳からピアノを教えた。飲みこみの早さはすばらしかった。それからは、母親が遊ぶ相手を選び、外で腕や指をケガしそうな乱暴な遊びをしないように音弥を見張った。突き指する球技は厳禁だった。

音弥はそれによく応えた。音弥はピアノが、音楽が好きだった。だが、なによりも母親に逆らって外で遊ぶことを思いつかなかった。

一人っ子の自分が母親の期待、そう、母親が果たせなかったコンサート・ピアニストになる夢に応えるのがうれしかった、ある年齢までは。

音弥の内側からなにかが食い破って出たような勢いで、ピアノが目覚ましく上達したと同時に、妊娠事件が起こった。音弥の従順さに慣れきった母親は抑える術を失って、言いなりになった。今まではピアノを盾に叱ったが、音弥のピアノはそんな脅しをはねのけるほどになっていた。

母親は音弥が機嫌を損ねてピアノを弾かなくなるのを恐れ、口出ししなくなっていった。音弥の父親はさらになにも言わなかった。以前から母親と息子は一心同体で、父親が口をはさむ余地は髪の毛一筋ほども残されていなかった。

妊娠事件で退学し、家でピアノだけの生活を送るうち、音弥と両親の仲は気まずくなる一方だった。音弥は家を出て、独り暮らしをはじめた。

「妊娠事件が持ちあがった時の親の顔ときたら」と、高校生の音弥はわたしに打ち明けた。

「まるで怪物みたいに見るのさ。なにせ、相手は自殺を図ったからね。どう、驚いた？」

音弥はわたしに向かって唇の端を歪めてみせた。わたしは首を横に振った。音弥は目を伏せて続けた。

「でも、それは狂言自殺なんだ。僕が妊娠させたなんて濡れ衣もいいところさ。確かに証明はできない。高校の寮の部屋で二人っきり、彼女はスリップ一枚のところをみんなに発見されたしね。けれど僕はまだ童貞だったんだ。彼女は自分よりピアノの成績がいい僕を憎んで、罠を仕掛けた」

音弥は顔を上げ、しばらくわたしの顔をじっと見た。わたしは目のなかに少しでも音弥を疑う影があったら、そこで音弥は口を閉ざしただろう。幸い、そうはならなかった。

「彼女のことはもういい。もちろん、許しちゃいないけどね。でも、ピアノばかりの生活をしていて、こうなったか、とも思うんだ。だって彼女の悪意にまるで気がついていなかったからね。鈍感で傲慢だったと思う。それを知るいい機会だった。そう考えられるまで時間がかかったけどね。

それにピアノならいくらでも巻き返しができるさ。彼女はコンクールの予選落ちしている。ほら見ろ、って思うさ」

音弥はうれしそうに笑ったが、すぐ重い口調に戻った。

「濡れ衣だと言ったのに、母も父も耳を貸さなかった。開口一番、ピアノに集中していればこんなことにならなかった、と母は言ったんだ。違うよ、違う。ピアノしか見ていなかったからこうなった、違うんだ」

音弥はわたしから目をそらして、黙った。体ごと横に向いて、握られていた手が引っぱられる。わたしはそっと握った。ひんやりとしてこわばった指はわたしの手のなかで柔らかくなった。視線を戻した音弥は消えそうな笑みを浮かべた。柔らかな笑みは消えず、むしろ長く続いた。わたしたちは微笑みの陽だまりにいた。

この話を聞いたのは、日曜日に音弥の部屋に通うのが日課となった最初の日だ。わたしたちは紅茶を飲み、それまで好きな音楽の話をしていた。音弥は急に口をつぐみ、横を向いた。これまでにもそういうことはよくあった。街なかで曲をふと耳にした時など。それまでしていた話をまったく忘れて立ちどまる。赤信号の横断歩道の上であっても。

この日、音弥の部屋では音楽はかかっていなかった。下手に音楽をかけると、人がそばにいるのも忘れるためだろう。

しばらくして「君の手」とだけ言った。その言葉は妙に大きく響いた。わたしは手を差しだし、音弥はわたしの左手を握った。それから、話しはじめた。

音弥が自分について饒舌になったのはそれが最初だった。

ピアノ以外はなにも許されなかった音弥に安易に同情したくなかった。

家でいつもやるように、衝突寸前の家族を前にわざと笑いを誘うような真似をしたり、冗談を連発したりするのを繰り返したくなかった。わたしはそうしたことを小学校に上がる前からやっていた。

わたしのもっとも古い記憶に、散乱した食卓の風景がある。わたしは泣いていた。泣いて泣いて涙が涸れてしゃくりあげても、誰かがわたしを抱きあげて安全な暖かい場所に連れていきはしない。部屋は暗く沈んでいる。畳に散らばった味噌汁に入っていた白い豆腐は月影のようにあざやかに輝く。おそらく二歳の頃だ。

この家で、わたしは家族が感情をむきだしにするのをとめるため、あらゆる方法を駆使してきた。笑いを誘うことで、場が和やかになればわたしはそれにのめりこんだ。家族の誰かに優しげな言葉をかけて、収まればそれも取り入れた。

でも、音弥にはそうした慰めはいらない。ピアノならいくらでも巻き返しができる、と豪語する男なのだ。無理解に悲痛な叫びをあげても、同情や慰めを集めるためのものではない。

かえって、その正直さを頼もしく思うほどだった。

音弥は自分だけしゃべるのではなく、わたしからも話を聞こうとした。

わたしはとまどった。自分について、自分の家庭について音弥のように正直になれる自信はなかった。まず、それまで家の出来事を誰にも話したことがない。

特に話すことなんてないわ。

そうわたしは答えた。

音弥は首を傾げ、目を細めた。ゆっくりと唇に微笑みが浮かび、その顔をずっとわたしに向けている。わたしの胸がどきどきしはじめたのは、打ち明けない後ろめたさばかりではない。確かに、音弥はわたしを信用して打ち明けたのだ。その信頼をないがしろにしている。そう思うとフェアではない。でも、まず音弥の笑顔が胸に染みてたまらなかった。

音弥の容貌は一歳年上を計算に入れても随分と大人びていた。整った顔立ちは冷厳な印象だ。でも、にっこりすると驚くほど子どもっぽい。

わたしたちは音弥の寝室にいた。ドアは開いたままでダイニング・キッチンの冷蔵庫のぶーんというううなりが聞こえるほど、部屋は静まり返っていた。わたしたちはソファー・ベッドに腰かけていた。

　音弥はわたしから目を離さない。そのまま口を開いた。

「君は優しすぎる。人のことを気づかいすぎる。そうしないと居たたまれないようで、まるで自分を罰したがっているようだ。違うかな?」

　わたしは強くうなずいた。

「いつもここにいていいのか、と思うの。小学生の時はぐずでいじめられて小さくなっていたせいね。委員とか係とかに選ばれなかった。あ、でも」

　急に記憶がよみがえり、わたしは半ばはしゃいで続けた。

「中学で保健委員に指名されたっけ。小学生の時と違い、中学では友達もできて、もういじめられることはなかった。でも、内心はびくびくしていた、またいじめられたらどうしようかって。なるべくタフに行動するようにしていたんだわ。不思議なものでふりをすると身について、先生もクラスメイトもわたしを委員に選ぶのを当然と考えたのね」

「君はまじめだしね」

「そうね、それもあると思う。とにかく、委員に選ばれてうれしかった。一緒に選ばれた男子の委員は体が大きくて浅黒い顔をしていて、最初ちょっと怖かったけど。そのうちけっこう親切なので安心して」

「そいつ、初恋の相手？」音弥がさえぎった。見ると親指の爪を噛んでいる。

「違うわよ。音弥、爪噛んでいるよ」

「僕の爪さ。どう扱おうがこっちの勝手だ」

「そうでしょうけど。商売道具の指を粗雑にしていいのかしらねえ。話をしなよと言ったのは、どこのどなたさんでしたっけ？」

音弥はすぐさま爪を噛むのをやめた。指をズボンでぬぐう。神経質できれい好きの音弥にしては珍しい。黙ったまま腕組みをし、わたしに向かってあごをしゃくった。

「わたし有頂天だったのよね。家に帰って報告したの。玄関に入ってすぐに言い、食事の間もそればかり。ＴＶを見ている時もそう。そうやってはしゃいでいたら、父親がね、『いい気になるな』って怒鳴った。

身が縮まる思いだった。母親はすぐ同調して、父親の味方をするし。この場から消えたい。黒板消しがチョークをぬぐうようにわたしを消して、と願ったわ。

わたしはまたやったんだって。家族の機嫌を損ねたって。いつも母親が言うように、お前が悪いからこうなる、そう思った」

そして、わたしがこれだけはと思ったものは手にした瞬間、否定される。わたしはきっとこうしてしゃべることも受け入れてもらうことはないのだ、と思い、うつむく。横から音弥がのぞきこんだ。

わたしは震えていた。話し終えて、恥ずかしさともくやしさともつかぬ思いが波のようにわたしを襲った。波が引いた後、怒りが残った。わたしにこの話をさせた音弥への。

憎しみをこめて音弥を見た。

音弥は声を立てずに泣いていた。涙を手でぬぐいもせず、ブルーのシャツにしずくを落とすがままにしている。涙はわたしに感染し、泣くと怒りが溶けた。

音弥はわたしの手をなにも言わずに取り、わたしたちは黙って涙を流し続けた。

かなり泣いた後、わたしは言った。

「死にたくなるの、いつも」

そう、わたしは死にたかった。親の非難する声が追いかけてきて一日中離れない。学校にいても、自分の部屋にこもっても、わたしのなかに声は潜んでいる。

家にいれば親の喧嘩がある。両親の言い争いの声、ものが壊れる音が壁を震わせる。二歳の時と同じように誰もわたしのそばにいない。諍いそのものがわたしを責める声に変わるのをゆっくりとたった独りで聞く。

後どれだけこれに耐えればいいのだろう。

音弥は握った手を離した。わたしは聞こえなかったのだと思い、はっきりと言い直した。声はかすれていたから。

死にたくなるの。

音弥は奇妙な目つきでわたしを見つめた。口もとは細かく震えはじめた。撃った獲物を見つけた狩人はこんな目をするのではないだろうか。

わたしは打ち明けたことに興奮し、まなざしの変化がなにを意味するか、わからなかった。音弥にもわかっていなかった。窮屈になって姿勢を変えようとする。腕と腕が触れた。

その瞬間、心臓を鷲づかみにされたような衝撃が走った。

わたしだけではなくて音弥も。

二人は見つめ合う。わたしの体の内側にもったりと重いものが生まれ、ゆっくりと体内をかき回していく。音弥も同じように感じている。歯でも痛みだしたみたいに、音弥は片頬に手をあて、顔を歪めた。

先に口を開いたのは音弥だった。

「君は死にたがっている。ありありと伝わってきたよ。そして、この僕は」と言葉を切り、唇を赤い舌でゆっくりとなめ続けた。

「君を殺したがっている。火に油を注いだね」

わたしは音弥を見やった。

「音弥は死にたくならないの？」

音弥はゆっくりとうなずいた。「あるさ。気が滅入る、ベッドから起きられない、音楽も聴けない、ピアノなんて触れるのも嫌だ。一年に何日か、そういう日が来る。ひたすら天井をながめて、暗い思考の渦に巻きこまれ、もまれていくんだ。死がものすごく身近にある。さっとつかんでポケットに入れられるくらい、すぐそばで手のかからないものなんだ。苦しいよ。火にあぶられるようにじわじわと死にたくなるのは。まあ、めったに起こらないから僥倖と言うべきなんだろう。でも、いつまた火が起こるかわからないのが怖い」

音弥は長い指で顔を覆った。

「それだけじゃない。暗い思考に巻きこまれていると、僕が僕じゃなくなるんだ。考えるのは毒々しいことばかりさ。その思考が苦しいから、僕は逃れるために死にたいと思う。同時に、その思考を実現したい僕がいる」

「どういう思考なの?」

「すべてを破壊することさ。それも人間をね」

わたしたちは黙りこむ。音弥はうつむき、シャツのボタンをいじっていた。突然、ぼそりともらした。

「僕を焼く火を誰かに向けそうで怖い」

「ねえ、音弥。火はどこから来るの?」わたしは音弥に体を近寄せた。

「火は燃えたがっているんだ、それだけさ」

「じゃあ、燃やしなさい。わたし死んでもいい」

音弥は食い入るようにわたしを見た。身を守るように左手を上げたものの、すぐだらんとした。吐くように言った。

「いいの?」

いい。わたしは即座に答えた。それが音弥の望みなら。そしてわたしの。

音弥はわたしに飛びかかった。ソファー・ベッドに座っていたから、容易にわたしはなぎ倒される。怖さは元よりなかった。体の内側をかき回していたものは固まって一つの力となり、強い快感となってわたしを貫く。

いや、わたしたち二人とも。お互い行儀よくしつけられ、乱暴なこととは無縁だった二人。これまでの人生で出会わなかった荒々しさを体験しようとしている。どうしてときめかないのだろうか。しかもやましく。

誰もわたしたちに埋もれている「火」に触れなかった。わたしたちだけが孤独のうちに、内から燃やす「火」を感じ苦しんでいた。二人の目には感謝と尊敬が鈍く浮かび、消えていっただろう。

音弥は首を絞めてわたしを殺すか、セックスをしたかっただろう。でも、両方ともいつも中途半端に終わった。

そうして二人で「火」を支えていた。が、音弥はヨーロッパに行った。いや、逃げたのだ。

音弥、なぜ逃げたの？　わたし、死んでもよかったのに。

音弥がヨーロッパに行く前、わたしが楽しみにしていたのはあの部屋でピアノを聴くことだった。音弥は謙虚で熱心な努力家だった。また負けず嫌いで、ひねった曲をリクエストするとムキになって弾いた。そうやって曲に挑むうちに次第によくなるから不思議だった。わたしを忘れ、音弥は音楽に寄り添おうとピアノに没頭する。わたしは寂しくなかった。うらやましかったけど、ピアノにのめりこむ音弥の姿は好ましい。

初見でさらりと弾くと、同級生がねたむのも無理ない、とひそかに思う。

練習して音弥がものにした曲を弾くと、ほんとうに涙ぐんでしまうほどだった。涙のとまらないわたしを音弥は固く抱きしめる。

「曲を聴いて泣いてもらえるなんて、演奏家冥利に尽きるね。僕も泣いたことがあるよ。その時からピアノが本物になったかな、とも思うんだ。

妊娠事件で実家にこもりっきりで、ラジオをよく聴いた。ヴァーグナーの楽劇『トリスタンとイゾルデ』の『前奏曲』、それから『愛の死』がかかって、曲がうねりとなって僕に迫った。まるで熱い大気のかたまりが僕を襲って、細胞一つ残らず焼き切ったようだったね。矢も盾もたまらずピアノを弾きたいと思った。それまでピアノは母親や先生に言われて弾くものだったから。だけどその時はまったく違った。僕のなかで眠っていた誰かが起きだしたかのようだった。それから、音楽のすばらしさをきちんとわかって演奏できるようになった。今までの僕とはおさらばさ。機械的に人に言われるままに課題をこなしてきた僕に。ただ、それまで身につけた技術のおかげで僕は求める音楽を創りだせもするのだけど。もちろん、今後も研鑽を積まないとね。どんな犠牲を払ってもあの至福を手に入れたい。だけど、君はどうなんだい？」

「わたしも同じよ」と、わたしは大きくうなずいた。

「小学三年の時、シューベルトの『冬の旅』を聴きに連れていってもらったの。親たちはおとなしく聴いているか、心配していたし、わたしもはじまる前まで退屈するんじゃないかと思っていた。

燕尾服を着た男の人が歌いはじめると、道の途中で雷に打たれたようになった。ピアノの伴奏と独唱者というシンプルな構成なのに、見るだけで凍える冬木立や、夢のなかに現れる春の野原が耳に溶けこんでいった。およそ飽きることなんてなかったわ。息を潜めて、耳を澄まし、音を追っていたの。でも、泣いたのはずっと後。コンサートの夜に布団のなかでわっと泣いてしまったの。その後、熱を出したのを覚えている」

「すごいなあ」音弥は感心して手を打ち鳴らした。「君は僕よりはるか前に気づいていたんだ。尊敬するね。で、ずっと君を好きになったよ」

それから音弥はほんとうにわたしに敬意を表してか、好きじゃない「ショパン」も弾いてくれた。

ただどんなに頼んでも挑発しても、首を縦に振らないものがあった。

「モーツアルトだけはね、まだ僕のものじゃない」

Ⅳ

心中騒ぎの前にパリで付き合った女性たちは、ほとんど既婚者で年上が多く、国籍もカラフルだった。既婚者でなくても、誰とでも音弥はこっそりと会った。婚約者や「本命」の相手がいたからだ。こうしたことはすべて、静から聞いた。

もちろん、今回の相手のことも。騒ぎの第一報の際、静は音弥についてしゃべろうとすると言葉を失うほど取り乱し、どもりさえした。が、相手に話題を振ると、涙はからりと乾いて口は驚くほど軽くなる。

「今までにないタイプね」と、静は分析した。「例外的存在。既婚者じゃないし、独身で年下だわ。他の女みたいに、音弥以外に恋人や婚約者もいないし」

これだけは逃すまい、と音弥のことを彼女は思ったのだ。受話器を握る手がじっとりと汗ばむ。

音弥の心中相手はパリに父親の仕事で一家揃って赴任したが、両親が日本に戻った後も残って暮らした。三人兄弟で、彼女は末っ子。上の二人が短い期間にしろ日本で生まれ育ったのに比べ、海外を転勤する間に彼女は生まれた。彼女にとって日本はたまに訪れる「異国」にすぎない。彼女は上の二人とかなり年が離れ、一緒になって遊んだことはない。兄は結婚し、日本の一流企業に勤めている。姉はアメリカのコングロマリットで働き、独身だ。

彼女はなにもしていない。フランスの高校に当たるリセを出た後、大学入試資格試験のバカロレアに何度か失敗するとコネで大使館に勤めたが長続きせず、今はぶらぶらしていた。勝気そうな横顔。手はビロードの肘掛けをぎゅっとつかんで、音弥と対峙している。そんな姿を思い浮かべる。いや、思いだすのだが。

音弥と知り合ったのは、ピアノを通じてだった。

ピアノは唯一続けていた。きちんと習い直したいと知り合いに音弥の紹介をねだった。名のあるコンクールに優勝し音楽院に在籍していたため、その手の依頼に音弥は随分と悩まされた。音弥は全部断ってきた。音弥は人に教えるタイプではない。名選手が必ずしも名監督にならないのと同じだ。

が、今回はいろいろな事情と人がからみ、会わないわけにはいかなかった。断ると誰かの顔をつぶすところまで音弥は追いつめられていた。

音弥はしぶしぶ会いに行ったが、あくまでも断るつもりだった。わたしには音弥の渋面がありありと目に浮かぶ。

長く待たされた。約束の時間はとっくに過ぎている。天井の高い部屋で隅にはグランド・ピアノが置いてあった。ピアノを見るとわくわくした顔になる音弥もこの時ばかりは憂鬱な面持ちだ。

ドアがさっと開いた。彼女が評判どおり美しく若く自信満々なのを見ると、音弥の憂鬱は増す一方だった。きっとすぐには引き下がらないだろう。

教えるのは苦手です。弾いたのを聴く限りなかなかのレベルですから、好きな曲の楽譜を探して楽しめば充分でしょう。僕が教えることはありません、と音弥は言う。

まるで乗り気でない顔つきを隠そうともせず。

乗り気でない顔つき、そこでわたしの想像はとぎれる。音弥のそんな表情、投げやりな口調もまざまざと思い浮かぶ。それならどうして音弥は彼女と付き合ったのだろう。

しかも彼女とは心中まで図って。

息ができない。考えると、急に海のなかに突き落とされたように苦しい。

その夜、そう、奇跡的に晴れた六月の夜。静かだった一日は突然の電話でかき乱された。電話の後も、わたしはベッドで体を両腕で抱きしめていた。そうしないと、自分がばらばらになりそうだった。

気を取り直し、先へ進もうと思ったのはどのくらいたってのことだったか。わたしはもっと先の想像をすることで、物事をよりよく見たかった。

目を閉じ、身動きせずにあの記憶をていねいに掘り起こそうとする。発見された化石を埋めていた砂をそっと払うように。

なにかが音弥の態度を一変させた。強い力で。

記憶の底に、きらっとまたたく光がある。

名前。

ヒロコという響き。

そうだ、わたしと同じ名前だ。漢字まではわからないけど。

そのささやかな光に導かれて、想像はつむぎだされていく。

彼女はさえぎらずに音弥の言い分を聞いている。口もとに笑みを浮かべている。音弥が話し終えても口を開かず、沈黙が訪れた。音弥は眉をしかめ、思いついたように質問した。「名前は?」

ヒロコ、と彼女は言った。

音弥は軽く口をあけ、目を見張った。物思いにふける目つきで、視線をそらす。視線の先には日が延びてまだ明るいパリの青空があった。

態度が急に軟化した音弥を見て、彼女は浮かぬ顔などただポーズだと思う。音弥は遠い目をし、目は熱があるように潤んでいた。音弥は視線を戻し、相手を見つめ続ける。

彼女は手短に切りだした。

「じゃあ、楽譜を探すのを手伝って」

音弥は辞退しないだろう、おそらく。

V

第一報の後、なぜか静を身近に感じた。高校生に戻ったみたいだ。体育の授業を二人で見学する時、静に肩を寄せて甘えたのを思いだす。

または、はじめて親しくなった時の手の感触。

高校一年のクラスで、静と一緒になった。音楽の授業で隣になる。実技ではなく音楽鑑賞。静は背筋を伸ばし、一音ももらすまいと身動きしない。他のクラスメイトは寝ていた。身を入れて聴いているのは静だけ。いや、わたしもそうだ。

ただ、わたしも熱心に聴いているとはいえ、静とは比べものにならない。はじめて聴く曲だった。そのせいか、今でも覚えている。

サン・サーンスのオペラ『サムソンとデリラ』から、アリア「あなたの声に心は開く」。

この見事なアリアの最後の一音が消えると、わたしは思わず拍手をしてしまった。

クラスメイトも音楽教師でさえもぎょっとした顔つきで、わたしをいっせいに見た。恥ずかしくて、耳まで赤くなった。

と、拍手が聞こえてきた。ゆっくり間隔を空け、落ち着き払って打ち鳴らす音。拍手の主は静だった。静は女王陛下さながらの威厳で手を鳴らし続けた。

静がわたしを見ている。悲しい夢から覚めた気がした。目と目が合い、静はにっこりと微笑んだ。

終業のベルがそこで鳴った。みな、先を争うように教室から飛びだす。音楽教師も咳払いしただけで足早に立ち去った。静とわたしだけが残った。

わたしは興奮気味に静の手を取り、曲の感想をまくし立てた。静は手を引こうとしたが、わたしは気がつかなかった。

後になって気がついた、強引に手を取った相手の十六歳にしてすでに整った冷たい美貌を、人を寄せつけぬ凍れる湖の威厳を。わたしは知らず斧を振るって、氷を割っていた。

のちに静は言う、手を握られてあんなにうれしかったのははじめて、と。

また手を握り合うことがあるのだろうか。音弥の生死がかかっている今、そうすべきかもしれない。

それでも、わたしは電話のベルを恐れた。電話を通して伝わる不安げな静。電話口で嘆く静は静の声をした別の誰かみたいだった。取り乱した静がなによりも怖かった。奇妙なことに、心中騒ぎより静の変貌ぶりにわたしは不安を覚えた。

冷静な静はどこへ行ったのだろう。

静はわたしを混乱させ、疲れさせ、そしてひどく悲しい気持にさせた。

それは二次会の時と似ている。

二ヶ月前の四月に、わたしは静の結婚式の二次会に出席した。案内状を受け取り、差出人の名前を何度も確認した。まぎれもなく静のフル・ネームが印刷してある。

二次会の日時、会場と簡単な地図、ありきたりの招待の文句をしつこく読み返しても、なぜ静が結婚するのか、わからなかった。型どおりの招待状をよこしただけで、結婚についての説明を同封していない。誰かと付き合っていた話は聞かなかったし、なによりもなぜ男と結婚するのか、飲みこめなかった。なにかこの結婚を急いだふしがある。

謎を解くには二次会に出る外はないようだった。

V

はじまりの時刻に遅れたわけでもないのに、二次会の会場はグループが出来上がり、お開きを待つ、湿った雰囲気だった。途中で雨が降ってきた花火大会のわびしさ。会場の約半分を占める女性グループは生彩を欠いて、尼さんが集合したみたい。彼女たちはそっと笑い、声はか細く、申し訳なさそうにしゃべっている。静の音大時代の同級生たちだ。

会場の中央の生花が飾られた大テーブルに、バイキング形式の料理がふんだんに盛られている。あざやかな手つきでウェイターが料理の下のアルコールランプに火をともした。できたての肉料理のいい匂いが鼻をくすぐり、空腹を刺激する。

静の同級生たちは料理を無視して、熱心とはほど遠い態度でお隣と言葉を交わしている。彼女たちは上品だが、差異を見出すのに苦労するような色もデザインも似通ったドレスを着ている。足もとはきゃしゃなハイヒール、数歩歩いたらすぐ壊れそうだ。

ドレスで盛装した集団は不自然なほど身動きしない。まばたきだってするかどうか。

わたしはドレスを持っていない。安月給の大半はアルコールに消えた。まずドレスを着ていく付き合いがない。

仕事は大学時代の服で間に合った。というより、大学時代のバイト先が今の職場だった。人数が少ないので、手が空いている者はなんでもやる。倉庫で力仕事もしたし、電話のない会議室まで取り次ぎに走ることもある。ダンボールの角でワンピースの生地を破き、タイト・スカートで走って転んでは話にならない。

三年前に単位をぼろぼろと落としながらも留年せず、大学を卒業した。だが、将来に対するヴィジョンを持たずにわたしは社会に出た。なりたい職業はなかった。

わたしは音弥がうらやましかった。音弥にはピアノがある。「指一本なくしたら気が狂うしかない」と言う音弥には、そこまで思いつめるほどの明確な対象があるのだ。

わたしはやりたいことがない。ずるずるとバイト先の倉庫会社に勤めた。倉庫内の作業だけでなく、伝票の取り出しや在庫のチェック、電話対応などの雑用も事務スペースでこなすようになった。

週五回の勤務。社会保険も給料から引かれる。でも一向にわたしは社会に出ている実感が湧かない。授業がなくて、バイトに行く日が増えたくらいに思える。

大学時代との違いは家を出たことだ。築十年の木造アパートの角部屋。引越しする時、母は「わたしにそむくのね」と鋭く叫んだ。

職場から帰り、買い物の整理をし、洗濯物を取りこみ、簡単な料理を作って食べると、後はかなりのヴォリュームで音楽を聴きながら本を読む毎日だった。学生時代から読書は好きだったが、ここにきていよいよのめりこんだ。ただ音楽だけを聴いて、本を開くのはなんてすばらしいんだろう。叫び声や破壊音で中断されることはもうないのだ。

それでも、わたしは静かに読書をしていたとはいえない。ロックをすごい音量でかけてそのなかで読書した。クラシックはもう聴かなかった。

すごくうるさかったが、隣は空室、下の部屋の住人はベーシストで、こちらが寝ようとすると練習をはじめた。音は低く抑えているが、壁が薄いのでけっこう響く。うるさい音には慣れていたから、別に苦にならず眠れた。お互い怒鳴りこむこともなく、実に平和的にやかましい音楽を楽しんだ。

部屋にまっすぐ帰らない日もある。たいていクラブかライブハウスだ。ライブ終了後に打ち上げに参加して、飲むことが多くなった。

ロックを聴くようになったのは、ふとしたキッカケだ。ラジオのチューニングを間違えたためだった。

チューニングを変えようとした指はそのまま石と化した。ローリング・ストーンズの『イッツ・オンリー・ロックンロール』がラジオから流れ続け、わたしは曲に感電した。曲の荒々しさは体全体に広がる。粗い布で乳首をこすられる粗野な感じ。鳥肌もとまらない。

聴き終わった時、ロックはわたしをとりこにした。

大学時代は次々とロックの名盤を買い、ヘッドホンで聴いた。中古屋でも熱心に探し、そのためにバイトも身を入れて励んだ。おかげで倉庫会社に勤めることにもなる。ロックがひとたびわたしを捕えると、それまでの旧世界を捨てたつもりになった。

でも、過去を捨ててどれだけの人が現在に生きられるだろうか？ 潜んで支配する声。それを聴くまいとして、音楽が必要だった。それは音弥も静も同じだ。よどみのようなものだ。わたしの場合はジャンルを変えただけにすぎない。

でも、それは異議申し立てだ。わたしは言いたかったのだ、ロックの激しさとビートを通して。日ごと夜ごとに母親が殺されるんじゃないかと思う恐怖を与えた父親とだらしないまでに無力な母親に。自分たちがあれだけの醜態をさらしながら、非人間的な行為を繰り返しながら、わたしには優等生のふるまいを要求することに対して抗議したかった。家で流れていた美しい音楽を無視し、父親にとっては音楽以下のロックを聴くことで反抗したつもりになった。でも、わたしができたのはヘッドホンにかじりついて、ちっぽけな仮想現実におぼれることだけだ。ロックをヘッドホンで聴くうちに、もっと別の刺激、手応えをわたしは模索するようになっていた。

とはいえ、ライブともなると別世界で、踏みだすのには勇気が必要だった。

はじめてライブに行ったのは、働きはじめた頃だ。あるバンドのアルバムを聴いてどうしてもライブが観たくなり、びくびくしながらライブハウスへ足を踏み入れた。

店内は、やたらと煙くてあまり掃除は行き届いているとはいえない。そこに来ている客も出演するバンドのメンバーも、目つきが鋭くむっつりと黙っている一匹狼の群に見える。

だが、一人で缶ビールを飲んでいると、よく来るの、ここ？　と声をかけられた。話せば、目的のバンドが一緒で急に打ち解ける。うれしかった。ここにいてもいいのね、わたし？　と大声で確認して回りたいほど。ライブが終わると、その相手はバンドのメンバーの友人で、打ちあげに誘われた。

ロックにのめりこみ、酒を飲んで身を軽くする日々が続く。だが、酒量が増えるにつれ、軽さは最初のように感じられなくなる。

朝が辛くなるほど飲むこともあった。出社してすぐ、倉庫の一角で作業をすると言って、三十分ほど眠る。毎日棚卸しをする場所は週ごとに変わる。自分の担当のところで寝た。

毎日棚卸しをするのは、出入りの業者や運送会社の運転手のふりをして、盗難を働くやからがいるからだ。もちろんわたしたちも疑われていて、担当が一週間ごとに変わる。倉庫の出入り口では抜き打ちの検査がある。荷物を持っていると、やたらと時間がかかるのでわたしはものを持たなくなった。財布と本だけの日もある。化粧道具は会社に置いたまま。生理日に検査があると、ナプキンの入ったポーチを開けられて調べられる。恥ずかしく、時間を食うのでいらいらする。

倉庫の明かりは緑の非常灯だけで、ダンボールのほこりっぽい臭いに包まれた一角。そこがわたしのねぐらだった。で、その夜もまた飲むのだった。


わたしは新宿のブティックで買ったバーゲン品の黒の超ミニ・ワンピースを着て、二次会に出た。薄手のヴェルベットの生地は二次会の最中に破れないか不安になる安さだった。黒のスエードの八センチのハイヒールを履く。ハイヒールはライブの時用だ。後ろの席になってもステージを観るために買った。ワンピースはぴっちりとして体の線をあらわにし、どう見ても結婚式の二次会向きではない。

ドレスで着飾った集団からは黙殺の歓迎を受けた。

けっこう。ナチの集会にまぎれこんだユダヤ人、白軍のなかのボルシェビキみたいに場違いで危険なのはわかっている。

この危険は自分でおびき寄せたのだ。この間まで、そう、酷薄にもう会わないと言った時まで、静とは頻繁に顔を合わせていた。静の服装はいつもシックで上品だったから、今日の二次会がどんな雰囲気になるかは予想はついた。結婚を祝う気持が交じりっ気ないなら、酒を断ち分割払いしてでもドレスを手に入れたはずだ。

わたしはそうしなかった。結婚の話を知った時から、わたしの気持は乱れに乱れていた。そのなかで一番大きいのは、静の結婚に違和感を持ち、裏切られたという想いだ。

また、わたしの心には意地悪をしたい気持がうごめいていた。静に保護され甘やかされた高校当時に戻ったようにふてくされていた。音弥のニュースを聞かせ続けたことが憎たらしく思えた。そんな静に意地悪をしたいほどわたしは子どもにかえっていたのだ。

裏切られたとしても、「この結婚に異議あり」と言う資格は今のわたしにはないはずだ。いや、過去のわたしにも。

静の気持など量ったことがないわたしだった。静は自分の気持を秘めて行動した。静はわたしを保護すべきものと考え、わたしによく話をさせた。自分については固く口を閉ざしたまま。それでも裂け目は生ずる、わたしは裂け目を利用するべきだった。

静を笑わせた後、裂け目があらわになったことがある。

一緒にトイレに行った。トイレの個室にまだいる静に一言、静！　と叫んで電気を消す。いきなり真暗にされて、静は噴きだした。博ちゃんてば、仕方ないんだから。子どもじみたいたずらで静を笑わせて満足していた。自分だけが静を笑わせる。その自負に甘いものを感じていたのだ。

だって静はきれいで落ち着いていたから。クラスメイトも充分気がついていた。しかも静は人に軽い緊張を与え、クラスメイトは「遠巻き」にながめるばかりだ。何人かの男子はあきらめきれない表情で静を見つめ続けている。そんな静に触れられる、その喜び。

静は笑いが収まると言った。

「博ちゃんはすぐ熱中できていいわね。いたずらでもなんでも。いいことよ。あなたのいい部分だわ」と、静は感心した。「わたしは駄目ね」

「え、静だってピアノをずーっと続けているじゃない。そっちのほうがすごいよ」

「続けてはいるわ。集中してピアノを弾いているとその間は楽だから。学校のこともウチのこともすべて忘れられるわ。気持のよどみが晴れる。問題は二十四時間弾けないことね」

言いながら、静はわたしに顔を向けた。明らかによどみといえるものが浮かんでいる。目にはおじけづいたような、同時に必死にこらえる光がまたたいていた。それは見る者の心を悲しくさせた。厚い雲の切れ目から息も絶え絶えに海面に届く光に似ている。やがて雨が降り、光はかき消えてしまうだろう。
わたしは気持をよどませるなにかを、それ以上聞こうとしなかった。

新郎側の友人も会場にいるが、わたしはこちらに身を寄せる気にならない。新郎に会うのははじめてだ。静よりもかなり年上だから友人連中も同じ年頃だ。みな落ち着いていた。こちらは若造だ。披露宴から飲み続けていたせいで赤い顔をし、熟れた柿みたいだ。黒の礼服は似たり寄ったりで、区別がつかない。区別がつかなくても別に困らないけど。

わたしはどちらからも離れ、壁にもたれて飲んだ。あたりを何度も見回し、そのたびになにつ変わっていないのを確認する。異常なし。夜の博物館内を巡回する警備員の気分だ。ずらっと続く暗い展示室をこつこつと歩き、物音も生きているのもわたしだけ。それ以外は何百年前に生きるのをやめたものばかりだ。

周りと切り離され、独りだった。周りの出来事は無縁のままわたしの脇を滑っていく。唯一手応えのあるのは喉を通るアルコールだ。飲み物は来た早々に会場のどこで手に入るか押さえた。酒量はかさんだが、さすがに静たち夫婦に「お祝い」を言わずに出るわけにもいかない。だが、静たちはなかなか来なかった。

辛抱強く番を待った。酔いは全然回らない。緊張もあるだろう。ぽつんと独りでいるのは、ぴしぴしと頰を叩かれているようなものだ。

一通りスピーチが終わり無難な選曲のクラシックが流れると、急に眠気を覚えた。立っているのが辛い。頭に霧が立ちこめたように周囲がかすみはじめたその時だった。

音弥が姿を現したのは。

音弥と会うのは七年ぶりだった。背が伸び、心持ち愛想よく笑みを浮かべている。大理石の彫像のようにすらりと立っていた。そこだけ光を集めたような華々しい顔立ち。長めでウェーブのある黒髪がふさふさと揺れている。ダーク・ブルーのスーツにぱりっとした青いシャツを合わせ、しなやかな絹のネクタイを締めていた。

すこし痩せた。近くに寄ると頰骨がきつく飛びだして見える。一瞬で人々を惹きつけ、同時にねたましさを感じさせるのは変わらない。その魅力は周りもじき納得し、なるほどと思わせてしまう。ピアニストとして必要な資質なのだろう。最初の一音を鳴り響かせ、観客の心を支配する。場を一瞬にして圧し、掌握する能力。また音弥にはそれがいとも自然に備わっているのだった。

音弥の登場は静の友人たちの静寂を乱した。彼女たちは物珍しげな視線を隠そうともせず、ここ一年で最も驚いたようにしゃべった。とはいえ、ヴォリュームのめもりが一つ上がった程度の騒ぎ方だ。

わたしは音弥から目が離せない。見た瞬間、隠れたいと激しく思ったのに。音弥の映像はわたしに張りつき、皮膚をはがすように平静さを奪う。

けわしい顔で音弥はあたりを見回した。誰かがなれなれしく体に触れたように、目を離せないわたしを見つけた。表情をゆるめ、わたしへと一直線に向かってくる。

かなりの急ぎ足だ。だが、腰まで急流につかり水の勢いで進めない人の足取りみたいにわたしの目には映った。一切がスローモーションで動く、点滅するストロボを浴びた静止画像。見るものすべてがわたしから遠く隔たる。悪寒と震えを強く感じはじめていた。

「やあ、博ちゃん」と、音弥はわたしに言った。

間近でながめる音弥の笑顔はまばゆい。会った瞬間に相手が息を呑むようなあざやかな笑い。覆いかぶさるようにわたしを見下ろした。背は伸びていて圧迫感を覚える。貧血が起きたように、わたしはふらついた。圧迫感は身長のせいだけではない。わたしを見る音弥の目はちらとも笑っていなかった。目はナイフのように冷やかな光をたたえて、深々と刺してやろうと機会をうかがっているかのようだ。

あごを突きだし、音弥を見上げる。逃げたい気持は続いていたが、同じくらいとどまりたい。食いしばった奥歯がきしる。時間が間延びし、ゆっくりと流れた。

わたしはとどまった。

音弥はアルコールに蝕まれたわたしを観察できる。ひどい飲み方をしていた。飲みだした大学時代よりも量もピッチも増加する一方だった。休日は朝から飲んだし、気がつくと空き缶や空き瓶が転がっていた。いや、休日だけではない。平日も量こそ少ないけどこっそりと飲んでいた。飲んでも顔色が変わらないタイプだし、一、二杯ならふらつかない。ふらついても飲めないほうが恐ろしかった。

音弥の視線はぶしつけで、心まで見透かされそうだ。心には涙がたぎる。それを見透かされるなんてごめんだった。でも、視線は容赦なかった。水晶玉が行く末を見せるように、音弥の澄んだ瞳はわたしを映していた。

どこへ行くか定まらず、いたずらに若さを消費するだけのわたしを。人生のどこかに金塊が埋まっていながら掘り当てられず、いらいらと飲むだけのわたしを。やがてはいらいらも消えて無気力に飲むわたしを。

飲んでも赤くならないわたしの頬に血が上った。いきなり顔をそむけ、飲み物をもらってくる、と言って音弥は立ち去った。投げやりな言い方に腹を立てる前に、音弥の視線の呪縛から逃れてわたしはほっとしたのだった。


透明な液体のグラスを手に音弥は戻ってきた。

「あれ、ウォッカなんてあったの?」とついわたしは物欲しげに聞いてしまった。

「ミネラル・ウォーター。車だからね」と、音弥は冷やかな声で答えた。

「ビールなら平気なんじゃない? 会費制だから飲まないのは損だよ」

「嫌だね。車は車だよ。成田で借りたレンタカーだからよけいさ。君はよく飲んでいるね、博ちゃん」言うと音弥はにやりとし、付け加えた。

「親父さんそっくりの飲んべいだね。高校の時はかなりお嘆きのようでしたけど」

訓練されたシェパードのように音弥は弱みに食らいついた。獰猛さと的確さときたら見事なものだ。静がこちらへ歩み寄らなかったら、わたしは即座に会場を飛びだしただろう。

なんのために長いこと、おとなしく待ったかを忘れて。

絶望的なしかめっ面をしてわたしは静たちを迎えてしまった。音弥は横でその様子を見て、笑いをこらえている。口もとに左のこぶしをあてて、目を細め子どものようにうれしがっている。

静の夫はわたしのしかめっ面にまるで気がついていない。

静の夫の指は丸々として、ニコチンで真黄色だ。顔も丸く髭が濃い。ちょこちょこと歩いてきた時、梨が転がってきたかと思うほど体型も指と顔と同じく丸い。目は刷毛でひと撫でしたように細い。その細い目でしかめっ面を見逃したかと思ったが、音弥のしたたるような美貌にも無頓着だ。

花婿は今日の自分に満足しきっていた。美しい花嫁が寄り添う最高の日の自分に。いや、違う。彼は今日でなくともわたしたちが見えない。わたしたちが言葉を発しても、聞こえない。おじぎのつもりか鷹揚にうなずき、彼はそそくさと挨拶を済ませた。すぐ仲間に呼ばれていく。

こいつ、うまくやりやがって、という声の歓迎を浴びながら。

確かにうまくやったのだろう。いつにも増して静はとても美しかった。

静はカールさせた髪に白い生花をさし、光の加減で銀箔のように輝く白のワンピースを着ている。白を着るために生まれてきたようだ。白鳥の化身と見まごうほどに。

が、静の表情にはすでに物憂い疲れがにじみでていた。マスカラは雨に濡れたカラスのようにつややかな黒さだ。マスカラに縁取られた切れ長の瞳は生彩がない。あざやかな口紅が塗られた唇の端は小刻みに震えている。仕草はだるそうでのろかった。いらいらしているらしく、またそれを隠そうとしない。

そんな静に気圧され、わたしは言葉を失った。

音弥はよどんだ空気を断ち切ろうと、つとめて明るく口を開いた。

「静、おめでとう」

よく通るバリトンが響く。開け放れた窓から新鮮な空気が流れ、あたりを一新する声の麗しさだった。

静はぶるっと震えた。怯えた目つきに変わり、ひどく子どもっぽくなった。怯えはすぐにかき消え、ゆっくりとうなずいた。大きな仕草ではないが、髪から一輪の花が落ちた。音弥はさっと身をかがめ、両手で花を受けとめた。

「ほら、静。といっても、もうつけられないか。今日はきれいだよ」

静は大きな手に載った花をながめ、音弥をまじまじと見た。黙りこくった顔は恐ろしいまでに無表情だった。どんな感情もない。顔はあるが、ただそこにあるだけだ。

音弥は淡々と切りだした。長くしなやかな指はネクタイをしきりにいじくっている。

「さっきからじろじろ見られて落ち着かないな」

それはほんとうだった。静の友人たちや新郎側の友人も国際コンクールの優勝者を静かな興奮で見守っている。

「静、お祝いは言ったし、帰るよ。博ちゃんを送っていくけど、いいかな?」

「今さら、わたしの許可がいるわけ?」

小さな声は、はっとする鋭さを含んでいた。

そうか。頭のなかに火花が散った。彼ら独自の流儀でわたしを扱っていたことを思いだした。それは今の今まで続いていた。

つまり、音弥と静はわたしを共有してきたのだ、ずっと。今、それは終わった。

静の顔に変化が訪れた。戻らないかと思うほど顔を醜く歪ませた。どんよりとした瞳に氷の炎をともして、上目づかいに音弥をにらむ。泣き叫びたいのをこらえている。苦しさやくやしさや嘆きがあった。およそ結婚式の主役に似つかわしくないものばかりだ。

静は首を曲げ、そのまま一言も口を利かなかった。卒倒しそうに体が揺れ、こちらは息を呑んで見守った。

長くは続かなかった。ほどなく姿勢を正した時には、動揺は消えて冷静さと美しさを取り戻していた。苦しみに歪んだ顔は美しいとは言いがたかったが、わたしは好ましく思った。今の美しさはどこか物足りなかった。

静はわたしたちに背を向け、去った。音弥はもう悲しみを隠さず見送った。自分に向けられた視線に軽く舌打ちして、わたしにささやいた。

「行こう。見世物はこれで充分だ」

確かに音大関係者は多いが、注目の理由はピアニストだからではない。恋愛スキャンダルは一度ならず音弥を危険な場所へ運んでいた。週刊誌に取りあげられたこともある。パリ郊外でスピードの出しすぎで事故を起こし、同乗の女性は腕を骨折した。

音弥は首席で音楽院を卒業したが、コンサート・ピアニストの活動をやめていた。「神経を病んだから休養したい」と、言ったとか。公然の事実として広まってもかまわない調子で。

それからは女たちと付き合う生活を送った。日本には一度も帰らず、パリでぶらぶらしていた。金に困る身分ではなかった。

音弥の父親は息子に対し甘かったのか、見放していたのか、または税金対策か、都心の一等地のマンション・ビルを息子名義にしていた。

独り暮らしにはありあまる不労所得。労働のくびきから逃れたこの王子様は、ゆうゆうとパリの街を回遊していた。いくたの美しい人魚たちを引き連れて。

会場から地下駐車場に向かう音弥は押し黙っていた。左手でわたしの手をがっしりとつかみ、右手に花を持って歩く。花は蛍光灯の光を受け、きらりと光った。わたしのために助手席のドアを開ける。

運転しようとして花に気がついた。

「あげる」と、わたしに花を差しだした。

握られて花びら一枚に折れた跡があった。だが、まだきれいだ。花はドレス姿の静を髣髴とさせ、その姿はわたしに背を向けた。

「いらない」

「そうかい。さっきひどいことを言ったからあげるのに」

それを聞くなりくやしさが一気によみがえる。涙がこぼれそうになったが、こらえた。

「泣いたらいいさ。泣けないからアルコールに頼るんだ」

わたしはキッと音弥に向き直った。腹立たしさのあまり、涙は引っこんだ。

音弥はなにも言わず、片眉を上げた。ゆっくりと花をもてあそびながら、にらむわたしに向かってわざとにっこりと笑った。

ダッシュボードにそっと花を置き、エンジンをかけた。

音弥はわたしのアパートまでの道順を聞いた。

「住所は知っている」と、音弥は言った。手紙をもらったからね。そう言って、胸ポケットをこぶしで大仰に叩いた。

けげんそうにわたしは音弥を注視した。

二通ともしまってあるよ、と音弥は続け、わたしは短く叫んだが、すぐ黙った。

音弥は道順の説明を催促した。聞き終えると、わたしに感心した、と言う。

簡潔だし、目印を押さえている。描写も具体的でわかりやすい。

それから付け加えた。

さすがだ。さぞかし深夜タクシーのお得意さんなんだろうね、と。

わたしは顔をそむけられるだけそむけた。

ねじった首筋に軽やかな声が当たって、砕けた。

「ごめん、ごめん。例によって言いすぎた。僕が悪かったよ。ウチに寄っていかないか？　遠回りにはならないよ」

「ウチって？　ホテルじゃないの？」

「ああ、高校の時と同じさ。あのマンションは親所有だし、部屋がたまたま帰国寸前に空いたんだ。実家やホテルよりいいと思って親に無理を言ったのさ。まあ、無理でもないけどね。今さら会っても、お互い気まずいだろうし」

急に酔いがよみがえる。目を閉じた。その暗闇で音弥のバリトンが鳴り響く。頭の奥に直接届くように。その声を受けて、わたしの意識は酔いへと沈もうとしていた。

「ねえ、どうする？」音弥はうながした。

「嫌だ、と言ったら？」声の威力は衰えず、頭はしびれっぱなしだ。

「次のカーブのガードレールに突っこもう、どう、博ちゃん？」

「悪くない提案ね。でも、あいかわらずだわ」

「あいかわらずさ」音弥は言葉を続けた。「本気なのもね」

音弥はぐんとスピードを上げた。目は意固地なまでに前を凝視しているが、口もとにはうっとりとした笑いが浮かんでいる。

音弥は運転を続け、建物が引き寄せられたように現れた。窓のぎらぎらした光が目を打つ。ヘッドライトはガードレールを砂糖のように真白に輝かす。

音弥は直線道路を走るように、落ち着き払ってハンドルを握っている。カーブは確実に近づき、スピードはゆるまない。

投げやりにわたしは言った。

「寄っていく」

「そうか」とだけ音弥は言い、カーブをやり過ごす。

ぎりぎりの距離だった。

ハンドルを切ると車体は激しく揺れ、タイヤの耳障りな音はかなり長く響いた。衝撃でわたしは音弥へと投げだされた。音弥はちらともわたしを見ない。

わたしはすぐに身を起こさず、生殺与奪の権を握った男の顔を見上げていた。

Ⅵ

七年ぶりの部屋はきれいにリフォームされていた。家具やカーテンは当座不自由しない分を置いてあるだけで、壁にカレンダーもかかってない。生活臭はまるでなかった。

間取りは変えていない。玄関を開けるとダイニング・キッチン、その奥に二部屋並んでいる。ドアは閉まったままで、真新しく塗られ妙につるつるしていた。

音弥はドアを勢いよく開けた。昔はピアノの部屋で、今はクローゼットだけ。元のピアノの場所で、音弥はしばらくたたずんだ。ようやく、ピアノがないことに慣れたらしい。部屋に入ってからずっと続いていた放心状態は消えつつある。

「成田から二次会に直行したんだ。ここから見るのは久しぶりだなあ」

窓辺でネクタイをゆるめながら、音弥はつぶやいた。目をまっすぐ夜景に注いでいる。窓ガラスに端正な顔が映った。ネクタイを完全に引き抜くと、ネクタイは手のなかでヘビのようにくねり床に落ちた。音弥は突っ立っているわたしのそばへ来た。

放心から覚めた音弥は落ち着きを失っていた。運転席での麻痺したような落ち着きを。飢えた目つきで近づくのをわたしはただながめた。飢えを知りつつ納得がいかない顔した音弥を。怒りや恥じらいを隠せなくて当たり散らす子どものふくれっ面に似た顔。

「コーヒーはどう？　その、酔い覚ましにいいと思うんだ」

音弥はうつむいたままわたしに提案した後、わたしにはにかんだ笑いを向けた。行儀のいい少年がふともらした笑い。

わたしはうなずいた。

音弥がコーヒーカップを置くと、かたんと音が響く。音を立てずに音弥は腰を下ろした。わたしたちはそれきり黙った。

カップの立てた音が何百年も前のことのようだ。

コーヒーはわたしの眠気を覚ました。音弥はゆっくりとコーヒーをすりながら、わたしを見つめていた。視線は柔らかで目が合いそうになると、そっとそらす。長いまつげは肌に陰影を刻んだ。

音弥の瞳は、すったばかりの墨のように黒い。黒々した瞳は、中学生で習った曲を思い起こさせる。ロシア民謡の『黒い瞳』、哀切な短調のメロディー。歌いながら、見たこともないロシアの大地を、生い茂る白樺を、氷原をよく滑るそりを、ロシア人には珍しい黒い瞳の若者を、娘の頭を包むスカーフを、刺繍のつまったブラウスや分厚いスカートを想像した。ただ黒い瞳の若者のとりこになって、「秘め事」を持った娘の顔が想像できなかった。どうしても。

歌を合唱した頃は「秘め事」を言葉として知っていても、手応えのある事実となっては迫ってこなかったのだ。

音弥が突然言葉を発した。

「博ちゃんに会いたかったんだな」

そんなこと、いきなり言われても。

頬がじんじんと熱くなった。言葉と声の響きはわたしの奥深いところに触れた。自分でもめったにのぞかない深い場所に。今、そこはさらけだされている。

わたしは胸騒ぎを覚えた。ちりちりと肌を刺す。コーヒーが急に苦くなった。思わず顔をしかめ、それを見て音弥はにっこりとした。

胸騒ぎは加速した。残ったコーヒーを急いで飲みこみ、なんでもいいから別のことを口にしてまぎらわそうとした。

「静、結婚しちゃったんだね」

音弥は目を一段と大きく見開いた。物柔らかな表情が崩れ、疲れが錆のように顔に浮きでる。急に老けこんだ。隈のできた目の周りが痛々しい。飛行機を降りてそのまま、二次会に直行した疲れだろうか。

「静のことだけど」

唐突に音弥は口を開いた。顔をわたしからそむける。高校時代に静と寝た話をはじめた。

「今日ウチに誰もいないから、遅く帰っても平気、って静は言ったんだ。あんたの部屋が見たい、って続けるから、びっくりしたよ。『まさか』と『ひょっとすると』の間でぐだぐだと悩んでいるうちに、僕の降りる駅に着くしさ。静の駅は一つ先だけど、僕について降りたよ。よもや断るまいって調子でね。

部屋に他人を入れたのははじめてだった。

年上の人妻とは彼女のマンションで会っていたし。西麻布交差点の近くにある広いマンションでさ。ああ、これは脱線もいいところだね。

どうもてなせばいいか、まごついたよ。お茶でも、と思ったら、上の空から解放された。指に火傷したら大変だものね。

紅茶を淹れて戻ったら、静はショパンのスケルツォの楽譜を出して奏法の話をするのさ。なにがなんだかわからなくなって、ただ拝聴するばかり。あいづちを打つのが精一杯だったな。誘うに誘えないいし、そんな目で見ていたの、なんて冷やかに静から言われてみろよ。こっちは立つ瀬がないじゃないか」

「見ていたんでしょ」

「見てないなんて言ってないよ」いら立ってバリトンは甲高くなった。「静はそれを知って、僕を利用したんだ。幼なじみで気心の知れた僕。誰かに静と寝たと吹聴しない孤独で安全な僕。そして、なにより静を好きな僕をね。

僕にそんな仕掛けなんてわかるはずもなかった。そりゃ、セックスをしたよ、ちゃんとね。まあ、ぼうっとしたまま踏み切ったようなもんさ。

僕に比べ、静は落ち着いたものだった。男とするのがどういうことか、隅々まで目を光らせていた。

一切が終わって、帰りの支度をてきぱきとし、髪をとかし服が乱れていないか静がチェックしていた時、僕はぐずぐずとベッドにいた。裸で毛布にくるまったままでね。

ドアを開け静は出ていった。ドアの重い金属音が残された僕の耳に響いた。部屋は暗くなっていった。明かりをつけないで、身動きせずに寝そべっていた。黄昏は強大ななにかとなって胸に忍びこんだ。それが寂しさだと気がつくと、矢も盾もたまらず声をあげて泣きたくなった。枕に顔を押しつけ、泣こうとしたけどできなかった。

もう寂しくて寂しくて、周りに氷の壁がそびえ立ち一切から拒絶されたようだった。永遠に壁の内側に閉じこめられて、僕は独りぼっちだった。

僕は一縷の望みをかけていたんだね。幼なじみとは違う親しみを深められるんじゃないかと。でも静はかえって孤独のなかに、混乱のなかに僕を置き去りにした」

音弥はそう話を締めくくると、ぐったりと椅子に沈みこんだ。暗い顔をしてうつむき、わたしからの視線を恐れているかのようだ。

音弥の口から静と寝た話を聞くのははじめてではない。

高校当時音弥は隠していた。見事にばれ、わたしは激怒した。その剣幕に音弥は神経性の発作を起こした。顔は蒼白になり、あえぐような呼吸のまま、胸を押さえ床に崩れ落ちた。わたしは介抱し、話は中途半端に終わった。今回のようにすべてを知るまでにはいかなかった。

忘れたことはない。音弥の部屋で何気なく発見したショパンの楽譜。細かい字で書きこみがたくさんあった。字には見覚えがあった。音弥は筆圧強く大きめにはみだしそうに字を書く。静が置き忘れたのは一目瞭然だったのを知ったあの瞬間。

はじめて聞く話ではないとはいえ、手のひらは汗ばみ、渇きを強く覚えた。飲めるものなら、飲みたい。ワンピースで手のひらをぬぐう。ヴェルベットの生地はつるつると滑るばかりで汗を吸わず、皮膚に汗が押し返されるような気持悪さがあった。

もう休んだら、とだけわたしは声をかけた。

顔を上げた音弥はほっとした顔つきをする。

お願いだから、そんな顔をしないで。はにかんだ笑いが戻っている。ますます苦しい。

「ありがとう」声は衛星中継のようにずれて、わたしに届く。いやわたしがそう聞きたいだけかもしれない。音弥はそんなわたしを知る術もなく続ける。

「もう黙るよ。君も帰らないとね。静の結婚には寒々しいものを感じるな。僕は静が男を好きにならないのを骨身に染みて知っている。あれから七年以上たっているけど、変わらないさ。いいかい、静は男なんて愛しやしないし今回の相手だって例外じゃない。なぜ結婚したんだろう。どんなメリットがあるっていうんだ?」

わたしはうなずいた。

音弥は頬杖をつき、空のコーヒーカップを片手でもてあそんでいた。

「そりゃ、僕たち三人はこんな機会でもないと顔を合わせなかっただろうけど」と、音弥が言った瞬間、カップが落ちそうになった。音弥は震えはじめた手でテーブルに置いた。

「まさかね、そのためだけに静が結婚したなんてね」音弥はささやいた。声は震えている。

音弥はわたしを見つめた。わたしも目をそらさなかった。お互いから目が離せない。お互いを見ていたい欲望は激しかった。視線を外せばそのまま死んでしまう。泣けないだろうけど、わたしは泣きたくなった。

沈黙は分厚いもやのように部屋に立ちこめた。

「通夜でもしているみたいだな」

音弥の声には冷静さが戻っていたが、体の動かし方はどこか不自然だった。立ちあがり、わたしのそばまで来た足取りはぎこちなかった。

「博ちゃん」

かすれた声にわたしは上を向いた。憔悴した音弥の顔はいつにも増して美しい。七年の歳月が過ぎてもなお、彼の美貌に胸が締めつけられる。はがゆくも甘い思い。

最初体をかがめた時、音弥はキスをしようと顔をぐっと近づけた。しばらくわたしの顔に見入った後目をつぶった。深呼吸を繰り返している。目をあけると首を軽く横に振った。

わたしの肩にあごを載せ、背中に手を回してしゃがんだ。抱きしめられると、音弥とわたしの周りの空気はなめらかなビロードとなって二人を包んだ。これが二人でいることなのか、とも思った。音弥の肉体、かすかな体臭、服を通してのぬくみ、そっと動くしなやかな手、わたしの頰をこする豊かな黒髪、息づかいをそばに感じて変わる空気。

泣きたい気持は収まった。心に忍びこんだ胸騒ぎの苦しさはほぐれつつある。安心さえ覚えて、わたしは目をつぶる。暖かい闇がわたしを支配した。闇のなかで、前にもあった心地よさ、ビロードの空気を思いだそうとする。闇に閃光が走る。静だ。あの時は静が一緒だった。


知り合って三人で行動するようになって、高校の屋上でお昼を食べた。校内にいるにはあまりにすばらしい天気だった。初夏の光はあたりを白っぽく変えている。時間はなめらかにゆったりと流れた。空はわたしたちの頭上でひたすら青く、高い。風は時折思いだしたようにゆるく吹いた。風は静の髪をふんわりと揺らし、くつろいだ横顔を覆う。その時わたしは音弥と付き合っていなかった。やがてそうなると言われても信じられなかっただろう。

音弥と付き合うと、三人で過ごすことも断ち切られたようになくなった。

その昼下がりは違った。わたしたちは晴天を前にした誰もがやることをやった。ピクニック気分で、はしゃぎ、ふざけ、こらえきれずに何度も大笑いを爆発させた。はじめ音弥と静はわたしに釣られていただけだ。しかもこわばった笑いだった。その不自然さをわたしが笑いのたねにすると、二人は心から笑うようになった。

騒ぎが落ち着くと、音弥はあたりを熱心にながめた。よく晴れた青空を生まれてはじめて見るみたいに。首をめぐらし、黙っていつまでもながめた。青空にじかに触れ、持ち帰りたいという渇望を目に浮かべている。

「どうしたの、青空が珍しいの？」

とうとう吹きだしながら、わたしは音弥に話しかけた。にっこりし、音弥は首を振った。

でも、今ならわかる。音弥が青空に恋したのを。

あの日、いっとき風がとまってコンクリートの表面に熱気が染みこむと、空気はビロードのようになめらかになった。ビロードのぬくもりはまろやかにわたしたちを包み、空気は慰撫するように揺すった。わたしは、いやわたしたちはあのぬくもりからなんと遠い場所に来たことか。

屋上にはわたしたちだけだった。しゃべるのをやめると、とても静かだ。校舎に隣接したテニスコートからボールを打つ音が、周りの道路からの車の通過音が、浜辺に押し寄せる潮騒のように聞こえた。わたしはそのことを口にした。

「いいねえ、僕はこんな風に無人島で暮らしたいな」と音弥が言った。

「ここのどこが無人島よ。わたしたちがいるじゃないの」と静が口をはさんだ。静は髪の毛をかきあげた。心持ち目尻の釣りあがった猫のような瞳には、からかうような光がまたたいていた。

「確かに。でも無人島で朝起きて日が暮れるまで青空をながめたいなあ。もちろんピアノも弾き、作曲もするよ。題して『無人島のための音楽』さ」

「誰も聴かないのに?」わたしは訊ねた。

「いや、出口さん、聴きにおいでよ。隣の島に住んで、泳いだり、丸木舟をこいだりしてさ」

出口はわたしの苗字だ。

「で、音弥君にヤシの実を運んで、ロビンソン・クルーソーに仕えたフライデーみたいに世話を焼くわけ? やだよ、そんなの不公平だな」

わたしは思いっきり顔をしかめ、音弥と静は笑い転げた。わたしのしかめっ面はいつだって二人には好評なのだ。

笑いが収まると、音弥が提案した。

「ちゃんと音楽をお聴かせしますよ。これって正しい物々交換じゃないかな。無人島に住んで青空を独り占めしたいな」

それから「無人島に暮らしたい」が音弥の口癖になった。音楽の話題と同じ頻度で会話に登場した。

実際音弥は『無人島のための音楽』という短い曲を創った。聴いているうちに、悲しい気持になる曲だ。青空をながめ、のほほんと日を送る無人島のイメージと違う。身を切るような悲哀に満ちた実に美しい曲だった。音弥が無人島に焦がれるのは青空を独占したいだけではなく、もっと別の心情や想いがあるのだ。

音弥はゆっくりと巻きつけた腕を解き、体を離した。両膝を床に着き椅子に寄りかかった。わたしの片手をひんやりとした手で包んだ。冷やかな感触はわたしを七年後の世界に連れ戻した。

そのままの姿勢で話をした。申し合わせたように、静の話題は避けた。お互いの生活について話す。わたしは自分の生活をしゃべるのをためらった。

「話せばいい」と音弥はうながした。わたしの手を強く握って励ました。「どんなささいなことでも、話せばいい。大したことでないと思っていることも、全部。僕は聞きたいんだ」

「ほんとうに?」

「ほんとうに。高校の時もそうだっただろう? 君の生活が知りたい。僕は会社に勤めたことがないから、未知の世界を知りたいね」

わたしは語りはじめた。

クラシックを聴いていないこと、ロックにのめりこんでいること、会社では規則正しく残業もない楽な仕事ぶり、でも一旦職場を離れればアルコールに飛びつくこと、飲むことへの激しい欲望。しゃべる間にも一杯飲みたくなってくる。

手を握る力がほんのすこし強くなった。わたしの欲望はあっという間に消えた。音弥は黙ってわたしを観察している。目つきはもう二次会のように怜悧で意地悪ではない。よけいに恥ずかしく、こたえた。顔に血が上る。

「君はお酒を飲むようになった。かなり、だね?」

わたしはうなずく。

「そりゃあ、ひどいもんよ。飲みたいとなると、考えそのものが生々しく迫ってくる。通りの向こう側から歩いてくるみたいに、わたしには手応えのある存在よ。それが体の内側から湧いてくる。無数の手が内側をかき回して、わたしをすっかり変えてしまうの。で、飲むわけ。落ち着いたと思うのは最初の一杯だけ。もっと欲しくなってとめどがなくなってしまう。味なんてわからない。でも、飲まないと駄目なの。飲むともっと駄目になる」

「そうか」

「そうなの。音弥、今わたしを殺せば、血の代わりにアルコールが流れるわ。音弥が言ったように、父親そっくりよ。飲むのに言い訳を探すし。あれだけ父親の言い訳を意地汚いと思っていたのに」

音弥はうなずき、わたしの手をそっと撫ぜた。わたしは音弥の手の動きを目で追う。急に自分の饒舌にうんざりする。飲むきっかけを訊かれたくない、とも気づく。

「音弥のことも聞きたいな」

音弥は軽く微笑む。

「いいよ、なんでもどうぞ」

目を細めてさらに笑う。どんな質問をするか予想がついているのだろう。

「たくさんの女性と付き合っているっていう噂はほんとうなの？」

言うと、心臓が痛いように早く打った。冷静に質問したつもりだったのに。鼓動がひどくなると、先ほどの抱擁で得た安心感は跡形もなくなった。

「まあね」

間を置いて、音弥は返事した。顔から笑いがぬぐわれて消えた。それはわたしの表情が変わったのと同時だ。

わたしは顔を元に戻したかった。音弥から顔をそむけたかった。両方ともできない。打ちのめされた顔つきで音弥と向かい合った。

「なぜ？」

問いかけは悲鳴のように響いた。いきなり音弥の手から手を引き抜いた。手は少し痛んだ、おそらく音弥も。

音弥はゆっくりと立ちあがった。動きは巨大なクレーンが上下するのに似ていた。手をテーブルとわたしの椅子の背に着き、わたしに覆いかぶさった。大きく目を見開き、目には挑むような光がある。片手をわたしの頰にさっと当ててささやいた。

「たくさん、必要だったのでね。君がアルコールを求めたのと大した相違はない。アルコールで緩慢な自殺を遂げようとするのと。こちらは意気地がなくて同伴者を探しているだけかもしれないが。博子、なんでそんなに飲むと思う？　答えはわかっていると思うけど」

「わからないわよ」

「ふふん。わかっているくせに。手紙にも書いてきたじゃないか。これからの人生を思うと、なにもかも終わらせ骨になりたい、ってさ」

手紙を持ちだされて、わたしはかっとなった。手紙のために机に向かった時間。嵐のなかをさまよう小舟のように心もとなく、一縷の望みをかけて音弥にSOSを送った時間。が、返事がなく、穴に突き落とされたような孤独な時間。そうした時間が胸のなかでふくれあがり、怒りと変わった。わたしはあごを上げて音弥をにらんだ。

「あの頃どんな思いでいたかわかる？　理解したら返事をよこしたはずよ。今頃になって手紙は後生大事に持ち歩いていても、なんにもならないわ。返事が欲しかったなんて馬鹿みたい、恋しがっていたなんて馬鹿みたい」

「最後の言葉はありがたくちょうだいするよ。僕は手紙を書けない。それは知っていたよね。たくさんの女と付き合ったことは説明する自信がないんだ。説明して君を失うのが怖かった。で、結局今まで延ばし延ばしになったんだ」

音弥の言葉など聞いていないも同然だった。

わたしの胸騒ぎは別の言葉に生まれ変わった。言葉は口を突いてでた。音弥を「恋しがっていた」とわたしは言ったのだ。なんたること。

ずっと地下水脈のようにわたしの奥底を流れていたのだった。その流れは時には地に潜り姿を消した。でも、今かなりの勢いで地上に噴きだそうとしている。わたしはどこかあきらめに似た安堵感を覚えるとともに、くやしさもひとしおだった。

音弥が様子をうかがっていた。音弥は瞳に怜悧な光を取り戻している。わたしが自分の言葉に驚き、身じろぎ一つできないのを察知している。わたしは完全な敗北を噛みしめた。

音弥はコーヒーのお代わりはどうか、と訊いた。わたしは機械的にうなずく。それから気がついた。ここから逃げよう。音弥が湯を沸かしている間に、と立ちかけたが思い直した。選択の余地などない。完全な敗北より前に、わたしはガードレールに激突するのを拒否したではないか。

音弥は一口だけ飲むと、正面からわたしを見つめた。わたしはつぶやくように言った。

「じゃあ、説明を聞くわ」

音弥は一瞬目を閉じた。

「相手に触れて撫ぜたりしていると、自分も柔らかくなって優しくなれるんだ。自分がどんな人間か、その間は忘れていられる。われとわが身を滅ぼそうという衝動も影を潜める。長くは続かない。相手が喜び、期待してくると嫌になってくる。そうなると、天の邪鬼な僕の登場だ。相手を傷つけてしまう僕の。

誰か一人をとことん傷つけるより、相手を変えたほうがいいと思ったんだ。相手だって刹那的に楽しみたいだけさ。取り立てて苦情はなかった」

「そう」とわたしはしばらくして言った。喉から絞りだした声は驚くほど乾いている。言葉を発したのは、音弥がそこで黙りこんだからだ。ひとたび聞こうと決めたのだ。意を決してうながさなくてはならない。

「君なら、傷つけるのも傷つくのも同じ、って言うのかな。そんなことを言える人はそうそういないよ」

音弥は言葉を切り、左の指でテーブルをこつこつと叩いた。言葉を探してじれてする仕草だ。

「いつか会う、と言ったのは本心からだ。置き去りにしたのも確かさ。でも、君も僕を置き去りにしたんだ。手紙を読んで君が大学に失望しているのを知った。たとえ書けても、君を慰めたりはできなかったよ。一時帰国も考えた。でも、大学進学を選んだのは君じゃないか。君を忘れたことはなかったよ。そんなことは不可能だ。それは信じて欲しい。でも、自分がどんな人間か、それを思うと君に触れられない。たとえ手紙でも。さっきキスをしかけてやめただろう？　行くとこまで行きそうで、とても怖いんだ」

音弥は体をぐっと前に出し、わたしの目をのぞきこんだ。

「僕がどんな人間か、君はよく知っているだろ」

「でも、音弥の口から聞きたいよ」目をそらさずわたしは言った。音弥は体を元に戻し、また指をこつこつした。

「妊娠事件後、十七歳の僕にわかったのは」と、しばらくして音弥は言った。「両親をもう愛していないし、彼らも同じということさ。もう愛していない、と気がついて自分が恐ろしくなった。でも、そうした考えを抱く僕は、それまでの僕以上に僕らしかった。同時にほっとした。特に母親に対してはね。母親と僕は異常なまでに密着していたと思う。

それでも、もう愛されないことを両親の目に嗅ぎ取って、僕はぱっかりと割れてしまった。できたのが影さ。

それまでも疲れすぎた時とか、そう、眠いのにピアノを弾かされた後で朦朧としていると、なにかひどいことをしたくなるんだ。正確にはしたい、と思う前にやっている。わざとものを壊したり、後で誰かが困るところに小便したりね。人にはばれないようにするし、ばれても誰一人僕がやったと思わないんだ。

この時からより生々しく影は僕のなかに居座った。僕に欲望のままにふるまえとそそのかした。僕は世界の王様だ、ともささやく。影が僕をそうやって操っている間はすごくいい気分になっていた。

いや、違う。僕が影を迎え入れた。好奇心さえ覚えて、影が要求する欲望を埋める自分を観察したよ。他人事のように。また、自分の指が自在に動くのを確認したのもこの頃だった。まったく、影に自分の魂を売り渡したみたいだな。

とにかく、年上の人妻と付き合ってもいい気なもんさ。罪悪感もなかったし、僕をおもちゃにしていると知っても傷つくもんか、ってうぬぼれていた。彼女の夫がだまされていることを一緒になって笑った。間抜けだねって僕が言うと、彼女は喝采を叫んだ。僕をけしかけてひどいことを言わせるのが御意にかなった。僕に飽きるまでは。

夫にばれたからという理由で捨てられ、僕は抜け殻同然になった。考えるのは復讐だけ。病的な毎日が続いた。彼女のマンションに放火することも考えたし、猫を殺してドアに置いてやろうと思った。いや、首を絞めて思い知らせることを飽きずに想像した。ピアノを弾くと忘れるんだけど、影は潜んでいるだけなんだ。影が僕を駆り立て、行動に移るのはもはや時間の問題だった。

あの頃、僕は引きこもり同然で交際関係も限られていた。彼女と付き合っていたのは親にもばれている。簡単につかまるだろう。復讐をしなければ僕の自尊心、いや僕の影は僕自身を許さなかっただろうが、あんな女のためにつかまるなんてまっぴらだった。そこに復学の話が来た。

そして、そこで君と出会った」

言葉を切った音弥は微笑した。今の音弥はビロードの空気をまとっている。

「冗談を言ったりする生活に僕は君や静のおかげで慣れていった。大丈夫だ、とも思ったよ。思いつめていたのが阿呆らしくなった。自分の子どもっぽさを笑う余裕もできた」

音弥は微笑みを大きくした。

「それに、君が音楽をいとおしむことといったら。

静だって音楽は好きさ。でもピアニストならではの臭みがないとはいえない。仲は良かった、確かに。それでもライバルじゃないとは断言できないのさ。

渇いた人が水を求めるように、君は聴いていた。交じりっ気ない聴く喜び。体中から発散していたっけ。不思議だね、君に音楽のすばらしさを教えたのは君の父親だった。と同時に、君に幼い頃から暴力のどす黒い恐怖を与えたのも、同じ人だね」

部屋に静けさが広がった。音弥はわたしの顔を見守り、返答を待っている。

父親のことを音弥が口にしたとたん、わたしの体を小刻みな震えが襲い、それはまだ収まらなかった。わたしは何度か口を開きかけたが、ものをしゃべることができなかった。音弥はしばらくして畳みかけるように言った。

「クラシックを憎んでも不思議はなかったのに、なぜ？」

わたしは顔を上げた。震えは毒のように全身を回っている。それでも、わたしは話そうとする。一度乗りかかった船だ。わたしは腕をきつく組む。

「憎くなかったことはないわ。でも、音楽はどうしても必要なの。今はロックを聴いている。ロックの激しさと単純さが、以前のようにわたしを慰めてくれるの。前に聴いていた音楽だって古い暖かな毛布のように、わたしを守ってくれる膜だった。だから、確かに憎いけど、愛しているから憎いのよ」

言い終え、わたしは目を固くつぶった。涙がこぼれるか、と思ったから。涙は出なかった。

闇のなかで音弥のため息が響く。わたしは目を開き、うなずいて音弥をうながした。

「そうか。君には辛いことを聞いたね。でも、確かめておきたかっただけだ。だって、僕や静は『お勉強』として音楽を扱うことが多くなる。それは必要だし、誇りでもあるんだが、君にはそれがなかった。僕たちにはある意味ショックだった。どうしてこんなに心を揺さぶるのか、いつも追求していたし。僕が会った音楽愛好者のなかで、君ほど純粋で真摯な人はいないよ。知っているかい、音楽を習う連中には音楽のどこがすばらしく美しいか理解しないで演奏するのもいるのさ」

言葉を切って音弥は唇を舌でなめた。

「でもそんな君の首を僕は絞めたんだ。影はよみがえってそそのかした。僕自身でいるのをやめるように。あるいは、より僕らしくなるように。君もまた死にたがっていたから、よけいに混乱した。どうして混乱しないでいられるだろう？」

「だから、ヨーロッパに逃げたの？」

「僕に君を殺せ、と言うのか？」音弥は片手で額を押さえながら言った。「首を絞めると僕がどう変化するか。知ったら君はきっと……」

「音弥、わたし、知っていたよ」

音弥は顔を覆った。わたしはしばらく音弥のほっそりとした指をながめた。長い磁器製の指。

音弥はゆっくりとしゃべりだした。

「そうさ。首を絞めると強い快感を覚えて射精したんだ。物足りないねえ、今は。首を絞めさせてくれる女が見つからないし。君の身代わりが必要だね」

「やめて」わたしは叫んだ。

音弥は顔から手をしりぞけ、わたしを見据えた。目にはナイフの光が戻っている。

「やめるともさ。でも説明をしろと言ったのは君だぜ。それを忘れて欲しくないな」

「忘れないわよ」叫び、わたしは唇を噛み、腕を強くつねった。そうしないと、涙が出そうだ。が、音弥の虚無感を増していく瞳の前で泣く惨めさはなんとしても避けなければならない。でも、泣けたらどんなに楽か。

「そうか。うれしいね、実にうれしい」

「そんな言い方しないでよ」

「そうかい。僕はすなおに告白しただけさ。ま、いい」

音弥は横を向いた。

冷たく整った横顔を見るうちに、わたしは自分を奮い立たせた。どうせ杯を飲み干すなら一滴も残さず、だ。訊きたいことは訊いておこう。

「これからどうするの、音弥。ピアノもやめたんでしょ」言うと音弥がさっとこちらに顔を向ける。餌に飛びついた魚の急激な身ぶり。

「ピアノはやめていないよ、やめるもんか」

「コンサートや録音をやめたわよねえ」引きは充分だが、さらに手応えを確かめる。

音弥は組んでいた腕をテーブルに着き、わたしに向き合った。

「ああ、そう言われているんだね」音弥はしばらく口が利けないほど荒い呼吸をした。

「ピアノは毎日弾いている。神経衰弱とか言い訳したけど。実は、ちょっとピアノを立ちどまって考えたくてさ。そしたら、別の方面が忙しくなった」言うと、音弥は目を伏せた。うつむいた顔の口もとは曲がり笑っている。音弥は落ち着きを取り戻した。残念。ムキになった音弥は頬を赤らめ、可愛かったのに。

「極端から極端へ、振り子のように僕は行動する。ピアノ一色の生活に突っ走る前に、寄り道したつもりだったのに、今じゃたくさんの相手をしているんだものね。変に聞こえるかもしれないが、ピアノと女たちを追いかけるのは似てなくもない」

「それはこじつけよ」今度はこちらが落ち着きを失い、叫ぶ。

「そうかもねえ」なだめるように微笑み、音弥は受け流した。「今ピアノの派手な活動はないね。で、もう一方の活動だけどこれからやるのは、いわば海に深く潜ることなんだ。どれだけ沈んでいられるかの挑戦さ。ジャック・マイヨールって知っている、博ちゃん？」

「イルカみたいな人のこと？」

「そう。すごく深いところまで素潜りするんだよ。普通の人がやったらまず生還できない深さまで。僕もうまく浮かびあがれるかわからないけどね、とにかく潜るのさ」

錐を打ちこまれたように、わたしの胸に不安が奥深く刺さった。音弥がゆっくりと海に沈み、人魚たちが体を取り囲んでいる。美しいが毒を持つ人魚の群が音弥を見守る。

わたしの不安げなまなざしを音弥は正面から受けとめた。だが、口を利かなかった。わたしも沈黙を守った。

「送っていこう」

音弥は立って、わたしに近寄った。そっと両手を取る。ためらうように、拒絶を恐れるように。わたしたちの手は一瞬固く結びつく。

ほんの十秒かもしれない。音弥はためらいを振り切るように、強めに手を引っぱり体を起こさせる。かなり上まで手が持ちあがる。やはり音弥は背が伸びた。七年。

七年前寝室だった部屋をちらりと見た。二人で寝そべったベッド、はじめて家族のことを打ち明けた部屋、音弥が暮らした空間。その懐かしさ。

わたしの視線の先を音弥も追った。脇のわたしを見やって、音弥は言った。非常な優しさといたわりをこめて、また自分に言い聞かせるように。

「また海から上がったらね」

Ⅶ

七年ぶりに音弥と会ってから、わたしの生活に変化があった。

急にアルコールに弱くなった。

立て続けに三度、急性アルコール中毒を起こした。中毒症状はひどかったが、病院には行かなかった。でも、その代わり警察に一回行った。それは最初の中毒の時だ。

終電を逃すまいと走ったせいで、酔いが加速された。車内で猛烈な吐き気をこらえ、我慢しきれなくなって電車を降りた。トイレに駆けこみ、体が裏返るくらい吐いた。限度を超えて吐いたせいで動けなくなった。駅員が見回りに来てドアを叩いた。ドアを開ける力はかろうじて残っていた。

駅員二人に両脇から抱えられて警察まで歩いた。急性アルコール中毒では記憶にいちじるしい欠落が生ずるが、わたしも例外ではなかった。後日駅から歩いてみて、距離の長さに、記憶の欠落のすさまじさに唖然とした。中毒の夜はほんの十分で警察に着いたと思った。正気の時に歩くと、ゆうに三十分は越した。中毒の夜は警察で休み、タクシーを呼んでもらって帰った。

Ⅶ

翌日の二日酔いたるや、思いだすのもおぞましい代物だった。

そのおぞましさが二度続いた。

警察のご厄介にならなかったものの、アルコールと縁が切れたのを認めるには二回で充分だった。お楽しみを取りあげられて不幸だったか？

いや、すでに別の不幸が心を占めていた。そのためアルコールの海から水をかき分けて浮かび、地上の光を浴びているのに気づいたのはかなり後だった。

不幸とは音弥だった。音弥の不在がわたしを苦しめた。自分が「恋しがっていた」と言ったのはあながち間違いでもない。

音弥を想うとどうしようもなく心が震えた。七年間どうして平気でいられたのだろう。

わたしは心に蓋をするのが得意だ。アルコールがその手助けをした。音弥に再会したわたしはアルコールが切れ、むきだしになった。底流のような想いは吹きだし、わたしを水浸しにしている。


だが、肝心の音弥はパリに帰っていた。わたしの想いは空回りもいいところだ。それでも音弥が頭から離れず、われながらあきれた。が、この強い恋着とアルコールとの絶縁が生活をがらりと変えた。

それまでの生活は崩れる寸前の廃屋だった。残骸のような生活から、どうあがいても脱けられないと信じていた。が、横風が廃屋をばらばらにし、解体作業さながらにさら地にすると新しい建物、神殿でさえ建ちそうだった。わたしは生活を一変した。

まず、飲み友達は生活から消えた。

ウーロン茶やジュースを飲みながら飲み会にいるとみなもがくように飲んでいるのがわかる。早く酔ったほうが勝ち、とばかりに大声を出し、無理やり陽気に笑っている。その騒ぎを信じられない思いでながめた。この醜態がわたしのしてきたことなのか。つくりだしたものはなに一つなく、ただただ酒瓶を流しに空けるように飲んだだけなのか。そして、そのために費やされた時間とお金はどのくらいになったのか。

こうした疑問はわたしを飲み会から遠ざけた。断ると傷ついた表情を見せる人もいた。わたしは弁解を一切しなかった。

アルコールで埋めていた穴を支えるように、音弥への恋心は強くなった。アルコールと縁を切り正気の生活を続けると、ごまかしが利かない。とはいえ、会うのは怖かった。

　わたしは手紙を書くことにした。以前に書いてなしのつぶてだったが、しっかりと胸ポケットにしまう音弥のことだ。封を切り、読むだろう。

「どこまで潜るか、心配よ」と書きだした。

「この気持には嫉妬が混じっているの。いや、ほとんど嫉妬かな。とにかく心配しています。音弥があまり丈夫じゃないのを知っているもの。よく発作を起こしたし。不安でわたしが額に手をあてたのを覚えている？　今でもわたし、額の感触を呼び起こせる。

　音弥がわたしから逃げたのは賢明だったかもしれない。わたしたちは密着しすぎていたから。ただ話を久しぶりにして、やはりすなおになれるのは音弥、あなただけ。いいえ、静もね。静は日本にいるけど、結婚してしまいました。わたしたち三人が再会するためだけでなく、静は静なりに自分の人生を定めたかったのじゃないかと思う。

　会って話がしたいけど、音弥はどうですか？　前あの部屋でなんでも話したように。首絞めのこともなにもかも。そうするうちに、すべてがわたしたちのなかに収まる気がする。他に方法も見つからないけど。このままだとわたしたちは重たい影を引きずりながら生きていくしかないでしょう。音弥が徹底的に『潜る』ことでどんな手応えを求めているかわからないけど、わたしが心配していることを忘れないで。

話がしたい。筆不精なのはわかっている。でも、あのメモみたいな（ごめんね）返事で充分だから下さい」

返事はなかった。予想どおりだったが、そうせずにはいられなかった。

強い力がわたしを導いていた。太い綱がキリキリと船を引き寄せるように、わたしもまた音弥目がけて行動すべき、と感じていた。居ても立ってもいられない、焦りの予感。

予感は当たり、心中騒ぎだ。

わたしの身代わりを見つけた。そう脳裏にひらめいた。音弥に死んでもいいと書くべきだった。でも、音弥はそれを信じていなかった。そうだ、わたしは死ぬのをためらったことがある。その時体をどうぞと差しだしたら、音弥は実行に移し、静にそれを告げ、静が音弥を殺す。そうやって輪舞は終わりを告げたのに。

そう、わたしはためらった。あれはわたしが音弥とはじめて寝た時のことだ。

付属高校から進むせいで入試は一月に終わっていた。三月には京都へ卒業旅行に行った。急に誰かが行けなくなって、強制的にわたしがメンバーになった。乗り気がしなかったが、そのグループは同じ大学に進むから気まずくなるのを回避したかった。今思えばまったくの徒労に終わったのだけど。

帰りの電車で音弥に会った。

わたしは受験のため、音弥にしばらく会えなかった。大学に合格したら、今度は音弥がコンクールの準備で忙しく、会うに会えなくなった。まあ、きっと会っても音弥は音楽にかかりきりでわたしがそばに寄っても見向きもしない。

音弥はわたしを待ち受けていたみたいに同じ車両にいた。

音弥はわたしの隣になると、部屋に来て、と言う。わたしは誘いに応じた。

部屋はがらんとしていた。コンクールを控え、渡欧する直前で荷物は運びだされていた。わたしたちはうつろな部屋を立ったままながめた。横の音弥はわたしの右肩に手を置き、じっとしていた。旅先から実家に帰る途中で、わたしには時間がなかった。顔を上げ、音弥を見た。

音弥は腰に手を回し、寝室に移動した。

手もつながずキスもせず、わたしたちはマットレスに並んで腰かけた。二人だと窮屈だったベッドはもうない。音弥は腕をだらりと垂らし、正面の壁をにらんだ。かたくなな視線の先に人間大の大グモでもいるみたいに顔は青ざめていった。

わたしは音弥の腕を揺すった。今はじめてわたしを見つけたように、音弥は驚きの表情をさっと浮かべた。が、表情は柔らかく溶け、わたしをしなやかな腕で抱きしめる。そのまま体重をかけ、二人ともマットレスに沈みこむ。

仰向けになると上の音弥が片頬に手をあて、わたしをしげしげとながめる。もう片方の手も顔に添えると、唇を寄せた。キス。今までキスはしたけど、こんなのははじめてだ。キスは舌でするものなんて。

裸になった後もキスは続く。なんか変だ。それまでも音弥は胸をはだけさせ、キスしたりさわったりした。なにもかも違う。音弥がいろいろなところに触れる。そのたびにこの人はもう知っている、とわかる。これからもわたし以外の女の人とこれを繰り返すだろう。でも他の女の人たちは、わたしが知ったようには決して音弥を知らない。そう理解していた。それは深い確信だった。

それはコンクールのヴィデオを観た瞬間、打ち砕かれるのだが。

その時はそんなことなど知るよしもない。それより音弥を受け入れたかったのに、痛みがそれを許さない。わたしのなかに音弥が入れようとする、これほど痛むとは。ついにわたしは半ベソをかく。

「痛い、痛いよお」

「すぐ終わる」

「ほんとう？」

「たぶん。こういうのって個人差があるから」

「なら、わたしの場合は壊れるんじゃないの？」

僕は人間を壊したい。

そう言うと、音弥は黙って元の作業に戻った。汗が額にうっすらと浮かび、目はわたしの痛みに歪んだ顔に注いでいるが、どこか焦点が定まらない。唇は半開きになり、唾液で透明に光っている。

わたしの痛みをうっとりと味わう音弥がいた。その喜びは最初目立たない小波のように顔に起こった。が、逆巻く大波さながらに顔のなかで踊った。

わたしは突然死の臭いを嗅ぐ。死神の足音をそばに聞いた。なんだって起こり得る、死ぬことだって。

音弥がわたしを二つに裂くようにして射精を終えた時、つぶやいた。

離れたくない。

これで終わりか、と思うと気持が安らいだ。痛みからも解放されたし。

天井が妙に近く迫り、蓋となって閉まる。ここがわたしの墓場。悪くない。音弥から漂う汗は死の臭いだ。

音弥は汗をふくのもそこそこに、いつもどおり首に手を添えた。珍しく手は熱く、汗で湿っている。

死んでもいい。そう口に出して言えば、すべてが終わりになる。

次の瞬間、音弥の目を見てはっきりと言ったのはまったく別のことだった。

「音弥、わたし、大学に進学しなくちゃ」

音弥は体の動きすべてをとめて、わたしを見た。数分が過ぎた。

音弥は体を左右にひねってつぶやいた。僕のトランクス、どこ？

探し物はマットレスの間にはさまっていた。音弥は引っぱりだして身に着けた。

「今日は送っていかないよ。いいね」

わたしはうなずいた。

「お別れだ。握手して別れよう。これでよかったよ。まあ、がっかりしたことは告白しておく。

でも、ほっとした。好きだよ、博ちゃん」

音弥は笑い、わたしに手を差しだした。

「ごめん」とっさにわたしは言った。音弥の顔はけわしくなった。

「謝って欲しくないね。どっちつかずの態度を君にとって欲しくない。君は選択した。それを僕は尊重する」冷厳に音弥は言い切った。

泣くまいと思ったが、涙がとまらなかった。わたしは顔を手で覆った。

裸の胸が押し当てられる。音弥はわたしを抱きしめ、揺すった。

「ごめんよ。今日は君にとって大変な一日だったのに」

いたわられるとよけいに涙が出たし、音弥もまた泣いていた。

「僕はただ離れたくないだけだ。どうしたらいいのだろう。君を連れてヨーロッパに行けないし、日本にいるのはもう嫌だ。でも、僕たちはまた会うよ。感じるんだ、自分のなかに手紙があって、それはまだ封が切られていない。いつかその手紙を読む日がきっと来る」

「手紙はわたしたちのつながりがよみがえる、ってこと？」

「そうさ。僕たち三人の」そう言うと、わたしの顔から手をしりぞけさせ、目をのぞきこむ。

目は生き生きした光にあふれていた。

「さあ、このキスを静に届けてくれ」

音弥から預かったキスは静に渡すこともなく、今日まで来た。心中を図った音弥に取り乱し、体が震えている静に。

心中の第一報の後、静は夫の留守に電話をしてきた。

「音弥はまだ生きているわ」静はかすれた声でしゃべった。電話の寸前まで泣いていたのだ。

「でも、意識はないの。寝たままなのよ。睡眠薬をワインに混ぜて飲んだみたい。もしかしたら意識障害が残るって」

わたしたちは黙りこんだ。沈黙は長く続かなかった。静が泣きだし、叫んだ。

「ねえ、博ちゃん、なにか言って」

わたしは静が襟をつかみ、すがりついている重みを実際感じる。それは幻想だ。感じる重みといえば、握りしめている受話器ぐらいだから。

「最悪の事態を覚悟したほうがいいよ、静」

予想はしていたが、泣き声は耳をつんざくように高まった。

「ひ、ひどいことを言うのね、博ちゃん。わたし、夫が博ちゃんを『赤の他人』なんて言うから、かっとなったわ。わたしたちのなにがわかるのよ、って言い返したわ」

「ええー、静、わたしたち、って言っちゃったの！」

「そうよ」

「それってまずくない？」

「ちょっと口が滑ったかなあ。きょとんとした顔していたし、第一、わたしたちが仲の良い『お友達』くらいにしか思っていないわよ」

そうかなあ。確かに鈍そうな人だけど。いつも白けた顔つきだった静が毎日泣き暮らし、秘密にすべき音弥の心中の経緯を訊きだしてわたしに報告すれば、三人はどういう関係かと勘繰らないのか。

それともなにかと常軌を逸脱する静の性格をすでに見抜いているのか。何事にも手加減を知らず、突き進む静の性格を。そして不気味なほど冷たくなれる静を理解しているのか。

そうは思えない。

でも、恋は盲目というし。とはいえ、静にその辺を確かめるつもりはない。それより夫を突き放して言う静はささやかな冷静さを取り戻していた。

「音弥の容態でわかったことはそれだけよ」言って、ため息をついた。

「今の段階じゃ、無理もないね」

「もう連絡はないはずよ。まだ、話していても大丈夫?」

「かまわないけど」

内心驚いた。保護者だった静がわたしに引き伸ばしを懇願している。哀れっぽい声で。静の擬態がはがれていく。「お母さん、あたしがいないと駄目なんだあ」と、子どもがいばるのと同じ。保護者を気取って甘えたがる。

今はそうした虚勢もかなぐり捨てているのだった。

「あれからね、恋をしたことがないの」

「あれからって?」

「高校の時からよ」そう言って間を置いた。わたしも急かさなかった。お互いの息づかいだけが電話線を行き来している。しゃべりはじめた静の口調は柔らかかった。

「ひどい話よね。一番幸せなのが過去なんて。いつもそこに帰るのを夢見て、前に進めないの、ちっとも。

博ちゃんや音弥が夢に出てくる。夢のはじめはよく滑るそりに三人で乗って氷原をひたすらに走っているの。ひんやりとした空気を頬に受け気持いいけど、やがてわたしだけ振り落とされ誰もいない氷原のまんなかで泣いているの。寒さを感じて、辛くて悲しい気分で目が覚めるわ」

「静」夢の話はわたしの肺腑をついた。

「いいの、博ちゃん。そりは二人乗りよ、結局。わたしが残るか、音弥か、だったの」

違う。静、それは違う。が、声が出なかった。静は続けた。

「気を取り直して大学に進んだのよ。高校まで共学だったから、女子大で恋人を見つけたかった。周りの女の子たちは授業そっちのけで異性の気を惹くことしか考えていないから、がっかりしたわ。浅はかだった。女子大なら相手を探せるなんて短絡的もいいところだったわ。音弥ならこう言うかしら。

おい、静、どうしたんだ、お前の冷静な判断力はどこへ置いてきた？　って。

大学が最後の砦だと思っていたの。わたしは遅かれ早かれ結婚しようと決めていたし。異性を愛せないなんて声を大にして生きていけないわ。他の人はできるだろうし、事実しているものね。わたしにはできない。そういう力が欠けているの。その欠落をわかっているから、どんなことでも耐えるつもりよ。今もそう。好きでもない男と暮らすのなんて平気。でも、世間体のために結婚を急いだわけじゃないの」

じゃあなぜ、と訊きつつわたしは嫌な予感を胸に覚える。青空に影差すひとひらの雲。

結婚式に呼ばれれば、いくら音弥でも帰国すると静は考えた。またわたしも顔を出すだろうと。

でも音弥に「おめでとう」と言われ、静は思惑とかけ離れたことに気がついた。もう三人だけの世界は終わりを告げた。それは恐ろしい認識だった。静はめまいを覚える。めまいをこらえ、次に音弥とわたしに会う算段を練った。夫の葬式を出せばいい。

胸の予感は、空一杯に広がる黒雲さながらになる。静なら夫を殺してでも呼び寄せようとするだろう。が、静がこんなにまずく音弥やわたしを愛しおびき寄せたのは痛ましかった。わたしたちを前にしてなにもできない静。好きでもない男を夫と呼ぶ生活を選んだ静。

もう会わない。その一言が静を深く傷つけた。

やりきれない。電話の静は取り返しのつかないいたずらに目を丸くしている小さな女の子のようなか細い声でしゃべり続ける。

凜とした高校生の静はどこに行ったのだろう。わたしが静の気持に気がついて、後を追いかけても振り返りもせず早足で歩き続けた静は。背中はかたくなにわたしを拒否していた。わたしはそれがどうしても信じられなくて、半ベソをかきながら追った。静は歩道橋を登りきると、くるりと向いてわたしを待った。

走り続けてしばらく口の利けないわたしに静は冷然と言い放った。

「ここから身を投げても死ねるわよ、博ちゃん」

死にたい、ともらしたことは音弥から聞いていたのだ。

「音弥に殺されるほうが、いい」

「そんなに音弥が好き?」

「うん。でも、静も好きだよ」

「友人として、でしょ」

「それだけじゃない。でも、正直言ってわからないよ。ただ静も音弥も二人ともわたしには必要だってば」

「それって残酷だわ。身勝手よ。でも」

「でも?」

「でも、わたしたちは力を合わせなくてはならないかもね。今のわたしには無理だけど」

言うと、静はわたしから去った。わたしの身勝手な要求で傷ついた顔つき。一切が静にとって耐えがたかった。女子大に望みをつなぎ、それは静を裏切った。

わたしたちは高校を卒業した。なんらかの変化と新しい出会いを期待しながら、外の世界に出た。結果はまったく同じだった。なぜこれほど似通った結果になったのだろう。

わたしたちは万事にうまく折り合いをつけられず、つけても極端から極端へと振り子が揺れるような行動をとる。なにかを激しく求めその飢えは身をさいなむほどだというのに、求め方がわからない。これまでの人生は不備だらけで、ほころびを隠すのに精力を使い果たし、埋め合わせを極端な形でおこない、限りなく自分を損ねる方法でしか前に進めなかった。もちろん三人それぞれ細部は違うし、音弥は一見成功したように見えたが、おおまかな全体の調子は同じだ。

わたしたちはちりぢりになった。それは正しい選択のように見えた。わたしが音弥に向かって大学進学を口にしたように、静が女子大へ急遽進路を変えたように、音弥が持てる力を振り絞ってコンクールに優勝したように、それぞれの進路を模索した。きっと三人とも口には出さなかったが、このままでは駄目になるという危機感を抱えていたのだ。

だが、新しい世界はわたしたちが出会う前の世界と変わりはなかった。氷原の冷やかさ。

わたしたちは自分たちが出会った奇跡を軽く見すぎていた。わたしたちが抱える問題を理解できるのは、他にいなかった。他の人にはどんなに言葉を尽くしても、手応えのある事実とはならない。

それはその人たちの罪ではない。

『黒い瞳』で秘め事を持った娘をわたしが想像できなかったのと同じ。

今なら娘の幸福感と裏合わせにある恐れと怯えをわかる。少なくとも中学生当時よりは。娘といにしえの時を超えて「わたしもそうよ」と手をつなぐことができる。娘はもう一人ではない。

では、わたしたちは?

わたしたちは三人とも氷原に投げだされ、お互いを求めて泣き叫んでいる。

「最悪の事態」を予想しながら。別離のみならず、永遠に失われるかもしれない事態を。

Ⅷ

静が心中騒ぎの第一報を電話してきたのは、奇跡的に晴れた六月の夜だ。快晴とは裏腹に、知らせの前にわたしは具合を悪くして早々と床についていた。

午後からわたしの具合は悪くなっていた。体が妙にほてりはじめ、だるい。うなじが熱く、足は反対に冷えていた。きっと昼休みに浴びた日光のせいだ。思いがけなく強く、太陽が残した熱気は体内にくすぶり続けた。

帰宅してパジャマにも着替えず、ブラジャーだけ外してキャミソールとパンティのままタオルケットにくるまった。ちょっと休むつもりだったのに、疲れはしぶとかった。疲れは食欲を奪い、眠りへと引きずりこんだ。巨大なぬかるみのような眠りへと。

真暗闇のなかで目をあけたつもりだった。

左右の隅を照らす間接照明の光が柔らかく目を打った。

左右のランプ?

そんなもの、わたしの部屋にはない。

そう気づいたものの、意識はなかなかはっきりしない。左右のランプ以外に明かりはなく、部屋の残りの部分は暗く沈んでいる。物音はまったく聞こえてこない。水に潜って音が遮断された、あの感じ。

話し声が静寂を破った。意識も水から出たようにいきなり明瞭になる。

ひどい、ひどい。

喉をからからにする激しい非難がこもっている。心臓が痛いくらい早く打つのを聞きながら待った。どうやらわたしに向けた非難ではない。でも、動悸は収まらないのだ。

目が暗さに慣れた。天井がいつもより高く感じられる。いや、天井はほんとうに高いのだ。広い部屋。壁は分厚い漆喰で塗られている。赤いビロードのミニ・ソファーが二脚とダブルベッドがある。左右のランプはベッドの横に取りつけられたもの。壁には額に入ったポスター。絵柄は暗すぎてぼんやりとして見分けがつかない。

絵柄同様、部屋にいる二人の顔形はわからなかった。ひどいともらしたのは声からして女性だ。彼女はミニ・ソファーに浅く腰かけている。ビロード張りの肘掛けをぎゅっとつかんでいた。永遠にビロードにへこみが残りそうな強さで。

もう一人は男だった。ダブルベッドに座り、相手の執拗な視線を受けとめている。彼女のまなざしを避けないが、ちゃんと見返してもいない。真剣味がまるでない態度。片足をベッドの上で折り曲げ、片方を床にぶらぶらと揺らす。ひどい、と彼女は繰り返した。

この非難をどこか楽しげに男は聞いていた。

二人の間は離れていない。

「あなたといると、しまいには泣きたくなる、わめきたくなる。大勢がいる部屋だろうと、街なかの路上だろうと。見ているだけで嫉妬してしまうの。嫉妬の対象はお相手の奥さま方でもあるけど、まずあなたなの。しかも底知れぬ嫉妬よ。あなたのどこかに黄金が埋まっていて、それをこの手でつかみだしたい。ふん、あなたときたら黄金をちらりと見せてしまうの、手品師みたいに。きらめきは胸に焼きついたままなのに。いったい、なにがうらやましいのかしらね。やくざなピアニスト崩れのあなたのなにが？　ハンサムな顔、ピアノの才能？　まさか。うらやましくてくやしくて、息苦しいわ。それなのに、あなたに惹かれているなんて。退屈した奥さんの相手をつとめるあなたなんかに。それでもあなたを独占したいのよ。何度か言ったけど、まるで無視したわね。もっとも他の付き合いを切ってもあなたをわたしのものにできるかは別。でも、これだけは、というものがわたしだって欲しかったのよ」

彼女は息も荒く締めくくった。息が切れて、次の言葉が出てこない。

男はゆっくりとうなずくばかり。

彼女は何度か咳をしてから、息を整えた。

「わたしもわかっているのよ。わたしを好きでもなんでもない、って。カラダだけが目的ね、とも言えない。それなら楽なのに。それすらでもない。五十過ぎの女でも平気なあなたですもの」

男は死のような沈黙を守っていた。

彼女は首を小さく振った。

「身代わりなんでしょう、わたし？　どう、結構わかっているでしょ。まあ、簡単よ。あなたは寝言を言うの、しかもはっきりとね。最初わたしに話しかけたのかと思った。だって、名前を呼ぶんですもの、ヒロコって」

あ。わたしは声を出しそうになり、あわてて口をふさいだ。

「受け答えしていたけど、寝言に答えるのは脳を興奮させるからいけないのよね。で、起こされても黙って寝言を聞いていた。そうしたら、夢であなたが叫ぶのはわたしじゃないってわかったの。なんて寒々しい寝覚めだったかしら。

夢を見ているあなたは砂漠で水を涸らした人のように、切実に叫んでいたわ。いつもの気取ったあなたとは大違い。あなたは水だけが欲しいのに、ビールやジュースを与えられて酔っ払ったりよけいに喉の渇きを強くしたりしている。でも、ないよりはまし、と手当たり次第にあさっている。わたしもその一人ね。ひどい。あなたは自分の渇きを潤すためなら、何人でも、誰とでもかまわないのね。刹那的に、あれだけを目的にして」

声は途切れた。彼女は顔を伏せた。救いを求めるように手は顔をさすっている。やがて紅潮した顔を威嚇するように男に向けた。

「わたし、死んだほうがまし」

その一言まで男は身動き一つしなかった。

男はゆっくりと足を高く組んだ。太ももに両肘を着き、組み合わせた手にあごを載せた。心持ち身を乗りだした。いかにも「拝聴しますよ」と言いたげに。

優雅な動作を彼女はくやしげにながめた。口を開いたが、固く唇を結び沈黙を守った。

彼女の意図を察して、男はぱっと手を解いた。彼女は思わずソファーから体を浮かせる。虫ピンで刺されたように、びくっと。

彼は寒がりの指先で彼女の手にそっと触れた。肘掛けをつかんでがちがちにこわばった手に。

指先に軽く力をこめて指の間を押し広げるように撫であげる。彼女は手を振り払わない。だが、震えは彼女の全身を包み、唇は少しずつ開いていく。眉根は固く寄せられ、薄目をあけて彼の指先を追う。

「そのとおりです。でも、まさしくこの目的のために会っているのでしょう？」

その時はじめて音弥が口を開いた。

「でも、死ぬほうがいいなら手伝いましょう」

今や音弥の眉間や口の脇に刻まれるしわや密につまった皮膚や白く濡れた犬歯がすぐそばに見える。音弥の細い指が二の腕に食いこむ。間近な音弥に感激する間もなく、わたしの体はダブルベッドに横倒しにされた。

うつ伏せのまま、脇の音弥を片目でうかがう。音弥の唇は細かくわななき、漆黒の瞳は熱をはらんでいるが定まらない視線だ。音弥はむきだしの腕に指を滑らせ、わたしのありかを探っている。まるで盲いた人のように。

それとも反応をうかがっているのか。

焦ることはない。時間はたっぷりある。ありあまって嫌になるほどさ。

そう言う音弥の声が聞こえてきそうだ。

こちらはなにも反応しなかった。

音弥はネクタイを引き抜いた。

わたしの首にネクタイを通し、輪にしたつけ根を片手ですばやくつかんだ。空いた手でわたしを仰向けにした。片腕をつかまれ体を起こされるのは痛かったが、あっという間だった。なによりわたしは抵抗をしなかった。

用意のできた音弥はわたしの顔をのぞきこむ。眼球の運動がアップに、すばやくわたしに迫る。口から息が荒くもれていた。舌は奥にぎゅっと引っこんでいた。歯がエナメル質特有のぬめぬめとした光を放っている。

音弥の瞳はわたしの顔にとどまったままだ。哀願する目つきをするか見極めようとしている。哀願することを憎んでいる。

そう、哀願なんてできなかったよ。音弥の声がよみがえる。あの部屋でわたしを見つめながら言った。三歳からどんなに遊びたくても眠くても、ピアノから離してもらえなかった。ずっとピアノ、ピアノ、ピアノだった。

大きくなるとピアノ教室に行った。一人で通えるようになって、電車でとりとめない空想をするのが唯一の息抜きだった。あれは好きだったよ。電車って川を渡ると音が変化するよね。空想から覚めて、目を上げて広々とした流れを見るのも楽しかった。青空を見ようとすると川を渡りきって、ビルが目の前に迫ったのは残念だったね。そのうち、おさらいのために電車でも楽譜を広げた。僕は上達が早くて課題曲がかなりのペースで増えたんだ。で、唯一の楽しみは駅を降りて教室まで通う間、ぼんやりすることに変わった。道の途中に駄菓子屋があった。そこで、買ってよう、と親に駄々をこねたり、地面に寝て地団駄踏んだりする子どもたちがいた。その周りでわあわあ歌いながら群れて遊んでいる子どももいた。僕より幼い子が多かったけど、僕はそいつらを憎んだ。空想の時間を、唯一の息抜きを奪ったそいつらを深く深く憎んだ。そいつらが安っぽい菓子をほおばる代わりに血の泡を口一杯に吹かせてやったら、さぞ気が晴れるだろう。

あの部屋でそう語った時、音弥の目はなんだか澄みすぎて怖かった。

哀願の目つきをすれば、音弥に羨望とすべてをこなごなにしたい暴力を呼び覚ますだろう。

音弥が飛びかかるのが痛いほどわかった。

音弥がわたしに飛びかかり、首を絞めて殺す。そうだ、わたしは殺されてもいいのだ。

殺すのも殺されるのも同じ。これで終わりにしよう。

わたしは息を深く吸い、目を閉じた。

哀願の表情を見せるか、音弥をそそのかす言葉を発するかどうかでわたしは迷う。むしろぼんやりと音弥を見やった。首筋には絹のしなやかな感触。でも音弥は輪をせばめようとしない。まとわりつくネクタイは首輪みたいだ。そう思った瞬間、わたしの脳裏には飼い犬の姿がありありと浮かんだ。

この期に及んであの犬を思いだすとは。

人は死ぬ前に全生涯をまたたく間に見るという。わたしにひらめいたのは、「疥癬病み」の犬だった。

実家の前に捨てられたみすぼらしい犬。耳が垂れ、黒と白がまだらに散った毛皮、目は片目が白く濁り、つぶれていない片目はブドウみたいにつややかに澄んでいた。毛足が長く、皮膚炎でとかしてやれないため庭の落ち葉がたくさんついて、ぼろ雑巾が歩いているみたいな犬。小学生のわたしはその犬をぎゅっと抱きしめるのが大好きだった。

父は犬の散歩のために皮膚炎の首を痛めないように絹のネクタイを切って首輪代わりにした。散歩で犬がはしゃいで前に行こうとする。綱をぴんと張ってネクタイ製首輪が首に少しでも食いこみそうになると、父はひどく心配するのだった。

死んではいけない、生きなさい。

それは歌声のように漂い、耳に届いた。か細くて甲高い声。わたしの頭のなかに響き渡る。

似ている。

母の声と。父に殴られた後放心状態で歌い続けた声と。そう思うと、体が急に冷たくなった。

声はとまらない。

お母さん、ほんとうに、わたし、生きていていいの？

潜んで支配していた声なら否定するだろう。だが、肯定も否定もなかった。声はただ繰り返した。その力強さ。

わたしは声に質問するのをやめた。聞き入るうちに、体の奥から温かいものが湧きでてぬくもってきた。涙が流れ、その冷たさに驚く。涙で視界がぼやけ、音弥が見えない。

たぶんこれは私自身の声。現実の母とは違う。でも母の声で、生きなさい、と聞いたこと、それでわたしは充分だ。そして、潜む声は遠ざかる。

また目を閉じると、涙がこぼれた。涙を流しながら、わたしの心は決まっていた。

生きたい。

でも、音弥は？

影が僕をそそのかす。好き放題にふるまえ。世間はお前に借りがある、と。

お前は哀願すらできなかった。

影はそうもささやく。

音弥はうなずくだろう。なにしろ、音弥は影を迎え入れた。そのため、指が自在に動く、とも言った。

だけど、影は光があってできる。影に音弥を乗っ取らせてはならない。影を認めない人生はまがいものだが、影だけの人生はもっと恐ろしい。

それは怪物の誕生だ。

わたしを殺させるわけにはいかない。音弥を怪物にしないなら、どんなことにも耐えよう。生き抜くことだって。

わたしは音弥を見返した。闇を思わせる瞳をのぞく。目をそらさないまま、ネクタイを握った手にわたしの手を重ねる。音弥は身震いして、目をつむった。でも、わたしの手を振り払わない。わたしは片手を伸ばして、音弥の頬を包む。音弥は大きく目を見開いた。音弥の震えは大きくなり、体から力が抜けていく。音弥の目に認識の光が戻った。音弥はわたしを認めた。

「ヒロコ?」

わたしはうなずく。咳を何度かして、はっきりした声を出そうとする。

「音弥、わたし、死にたくないし、あなたに殺人を犯して欲しくもない。でもね、どうしても殺したいなら、それはあなたの自由よ」そう、一度は同意したわたしだ。それには責任を取らなくては。わたしは音弥の沈黙を見守った。

「え？　死にたくないの？」音弥は焦点の合わない目に戻った。「でも、君は僕に殺されてもいい、と言うんだね」

わたしはうなずき、音弥の手を叩いた。

「そうか。でも、僕はそう言う君に応える術がない、だけど」

音弥は手を開いた。その仕草には迷いは微塵も感じられず、ネクタイはわたしの体に落下する。わたしは息を大きく吐きだす。長く、荒々しい息を。

「ヒロコ」と音弥は言った。

音弥は寄りかかってきた。わたしたちはベッドに沈みこみ、衝撃でネクタイは床に滑り落ちた。わたしは両手を伸ばし、音弥を抱きかかえた。一気に体から力が抜けたように音弥はぐったりとしていた。

「どこのヒロコか、わかるの？」確認しておかなくては。

「博ちゃん」目を細めて懐かしそうに音弥は言う。

わたしはうなずいた、深く深く。

部屋は暖かかった。いや、温室みたいに暑く息がつまる。キャミソールとパンティでもちっとも寒くない。部屋の暗さはあいかわらずだ。でも、音弥はそばにいて、表情も読み取れる。まぎれもない音弥だ。

わたし、音弥が好き。

言うと、ついに言えたんだ、と思う。

腕のなかで、音弥の呼吸は荒く不規則なままだった。喉から出る音は、木のうろを出入りする風のようだ。ふいに音弥の発作を思いだす。わたしの胸に埋もれた顔を引きはがして持ちあげる。音弥は短いうなり声を出したが、わたしは注意を払わなかった。

僕も。

そう音弥は繰り返しうなっていたのだ。それがわかったのは、発作が起こりそうもない音弥の血色のいい顔を認めた直後だった。

わたしの目に涙がにじんだ。それを見て音弥はかすかに笑う。息もいつの間にか規則正しくなっている。

音弥はゆっくりと体を起こした。顔からわたしの手が外れる。わたしの頬に頬をつけて体を寄せた。見つめ合うために姿勢を変えた。

部屋のなかは静かだ。熱気は部屋を支配していた。音弥の冷たい指先で触れられると部屋の暑さはいっそうだ。指先はわたしの肌を滑る。最初は怖々と、次第になめらかになる。

キャミソールのストラップに指は伸び、ストラップは腕に垂れた。ストラップを引き抜こうとわたしは動いた。

僕にさせて。と、音弥が言う。わたしは動きをとめた。どうせ全裸になるのも大してからない。

次は音弥の番だ。わたしが脱がせたがすぐ済んだ。シャツをじかに着ていて、ボタン一つごとに肌がむきだしになる。

ベッドにかかっていたシーツと毛布の間にわたしたちは体を滑りこませた。あざやかで妥協のない真紅の布。周りを見ると、壁の色もカーテンも毛足の長いじゅうたんも真紅。

暗い真紅の闇を照らすのはベッドのサイドランプだけ。そのなかでわたしたちは抱き合った。

お互いの体に腕を回しきつく締めつける。くっついた皮膚に硬くなった音弥のペニスを感じる。

皮膚を突き破りそうに硬さを増していく。

わたしは体から力を抜いた。音弥に回した腕を解いて、体の脇に置く。目を閉じた。覆いかぶさった音弥が軽く唇にキスをした。目をあけるのをねだるように唇をくちばしのようにとがらせてつつく。

目をあけると、音弥が満面の笑みを浮かべている。つられてわたしも微笑み返す。音弥がキスをする。さっき白い犬歯がのぞいた口が唇を求める。音弥はわたしの胸元に唇を這わせようとする。わたしはそっと手で押しのけた。

とまどって眉根を寄せた音弥に、音弥をよく見たい、と言った。音弥を横たわらせ、布をはぎ取って見下ろす。膝立ちで横たわった音弥をながめる。音弥は照れ臭そうな苦笑いを浮かべた。わたしがまじめくさって裸の音弥をじっくりと見ているからだ。でも、見ておきたいのだ、わたしの想いを。

音弥が身をよじらせるほど大きくくしゃみをした。わたしは、ごめんね、と言いながら毛布を音弥の体にかけようとした。その手首を音弥はすかさずつかんで、わたしを引き寄せた。

音弥はわたしをからめ取り、自分の体の下に敷いた。わたしの体のあちこちにキスをしながら、体を手でくまなく撫ぜ回す。指は皮膚を通過するごとになにかをつかむようだ。わたしが音弥を目に焼きつけたように、指でわたしを記憶する。

残っていた体のこわばりもさすられるうちに消えて、足を広げる頃には体中がふわふわしてきた。音弥が入ってきた。息も荒く、わたしにしがみつく。わたしは音弥の腰に足を巻きつけ締める。深く、深く、もっと奥へ。音弥の一部だけではなく、肉や骨や体液や臓器もこちらへ行き渡ればいい。

あるいは。肌が溶けてお互いの血が混じり、二人が一つのかたまりになるまで。相手と自分の核が消えてなくなるように。

音弥がわたしの上に崩れ落ちた。体を離して大きな伸びをする。体をずらして、わたしのおなかに気持よさそうに頭を載せた。汗に濡れた豊かな髪が皮膚をこする。

音弥はわたしの手を探し当て、指をからめた。

「ねえ、博ちゃん。もう君を殺さなくていいよ。でも、殺そうとした事実は変わらない。僕は自分を裁かなくてはならない。でも、僕以外の誰にも裁けない」

からめていた指をするりと外すと、言った。

「またね」

そして目を閉じた。

急に重みが加わった。わたしは体を起こして、ずり落ちそうな音弥を支えた。せばめた腕のなかで音弥は寝ている。眠っているように見えた。

ゆっくりとわかってきた。わかってきたけれど、すべてを知るのは怖かった。音弥の手足がひどく重い。音弥の体をさすったが、反応はなかった。

目は音弥の軽くあいた口もとに吸いついていた。

どうしてもできない、そこから目を離すことが。バリトンだが興奮すると甲高くなる声、ささやくと細胞レベルまでに染み通り溶けこむ、あの声。声が聞きたかった。切実に。それでも、呼びかけるのはまだ怖い。

「音弥」

最初の一声が出たら、後はとまらなかった。繰り返し、名を呼んだ。涙があふれ頬を伝わり、あごでしずくとなって垂れる。しずくは音弥の胸を濡らす。体はほのかに温かく、死後硬直はまだ先だ。わたしはきつくきつく音弥を抱きしめて、泣いた。

はじめ、音弥を濡らしているのは涙と思った。

違う。妙に赤く、部屋の赤を映したようだ。

血だ。

音弥から血が噴きだして、涙と混じってあたりに満ちていく。泣きながら音弥を呼ぶうち、静の名も連呼していた。静、静、静、音弥が死んだのよ。どこにいるの？

いつの間にか天井や壁が消えた。巨人がひょいとつまんで放り投げたように。

急に開けた視界の端に島の浜辺があった。わたしたちは海にいた。海は浅く、座ったわたしの臍までの深さ。目を閉じた音弥を抱いていつまでも泣いた。

海は血に染まりどこまでも赤かった。


電話が鳴った時、枕はぐっしょりと濡れていた。

眠りを覚ました電話が何を告げるか、かけてきたのが連呼した相手であることを、もうとうにわかっていたのだった。

Ⅸ

心中が起きてからも、日々は変わらず流れる。

少なくともわたしの周りは。わたしの周り、それは倉庫や出荷用のすのこのお化けみたいなパレット、特大サイズのラップで梱包された出荷品、半端な量ではないダンボールなどなど。倉庫の天井は、屋根に上がれば天国がのぞけそうなくらい高い。なにもかも桁外れのサイズの荷物に比べ、人間はお菓子のオマケみたいにちゃちで小さい。林立する荷物の間を潜り抜け、荷出し用エレベーターで職場に向かう。事務スペースの職場で、わたしは物品の出庫伝票をパソコンから出し、トラブルで物が壊れたり見つからなかったりすると、代品の手配をする。クレームに対するお詫びもしなくてはならない。

うっとうしく雨は降り続いていた。空は灰色。今も雨をはらんで重い雲が、隙間なく広がっている。

なにもかも変わらない梅雨の日々。でも、わたしは曇天以上に暗い想いを抱いている。それは不思議なことに、音弥の無事を知ってもしばらく変わらなかった。

音弥は一命を取りとめた。

相手の娘は催眠薬をワインに混ぜて二人であおった。ワインを音弥に差しだした時、手が震え中身の半分は玉と散った。グラスをすぐに受け取らず、音弥は彼女とワインを代わる代わるながめていた。にやりと笑うと相手からグラスを奪った。その時にも中身はこぼれた。ためらいを微塵も見せず、一気に飲み干した。つられて彼女も続いた。あわてた彼女は咳きこみ、おおかたをじゅうたんに戻してしまった。咳きこんだ時、ワインが喉に引っかかり痛んだ。喉の肉を金属の破片で刺したような痛み。死ぬには薬が足りないと考えられないほど、激しく痛んだ。加えて薬を飲まなかったし、むせている背中を撫ぜていた手がとまり、手の持ち主がじゅうたんに突っ伏したのが決定的だった。だらしなく伸びた音弥の姿。強烈な恐怖に彼女はすくんだ。すぐ救急車を呼んだ。

到着を待つ間、身動きしない音弥といるとじわじわと薬が効く気がしてならなかった。歯がカチカチと鳴る震えが全身を離れなかった。

でも彼女が意識を失うのは救急車に運ばれてからで、むしろ安堵したようにだった。

アメリカン病院に担ぎこまれてから三日間、音弥はこんこんと眠り続けた。四日目の朝、何事もなかったように目をあけた。ちょうど見回りに来た看護婦が目撃して、思わず十字を切った。もう意識を取り戻さない、と思われた矢先だったからだ。それが拍子抜けするほど自然に目覚めた。ひたすら眠っていたので、意識障害が残ると懸念されていたが、それもなし。

これじゃ足りない、と出された朝食に文句を言うほど旺盛な食欲も見せた。サラダを別注文しようとしたが、医者にとめられた。

娘はいっときの興奮が収まると、眠りこむことはなかった。絶対、音弥を見舞おうとしなかった。音弥の無事を知るやいなや退院した。

面倒な取り調べや雑多な手続きを驚くほど早く済ませ、家族に頼んで姉の住むアメリカに留学した。音弥にはいかなるメッセージも残さず、アメリカの連絡先も知らせずに。

こうした経緯はすべて静から知った。正確には静の夫を通じて。パリの知人に手を回し、音弥の心中未遂の調書をファックスで送ってもらった。当事者だけが知りうる心中未遂の経過が記載されている。のちにその翻訳を一読したが、ここまで知っていいのか、と首をひねった。だが、静は夫に詳細で正確な翻訳をしろ、と脅かし、わたしに渡すことに有無を言わせなかった。かなりの剣幕で立ち向かったのだろう。

静から詳しい経過を聞けば聞くほど、わたしのなかに引っかかるものがある。喉に刺さる小骨、スパゲッティのアサリに入った小石。

まず、なぜ音弥は死んでいないの？　という異物感。

わたしは夢で音弥の死を知った。わたしの腕のなかで息絶えた音弥はなによりも生々しい。静から経緯を聞かされ、調書を読んでも事実を納得できない。事実とは、音弥の無事なのだけれども。それは合わない靴を履いていていらいらするような違和感。われながら変だと思う。無事を祈っていたのはこのわたしだもの。

音弥は死んだ、と、その考えになじんでいる。

安否が気遣われた何日か、音弥の死を覚悟して暮らしたせいか。

続いて死なないことに自分で驚いた。恋人トリスタンの死を知って生き絶えたイゾルデのように。イゾルデ並みによく泣いた、でも死ねなかった。ひどく冷酷な気がした。それでも死なない。死んだ、という報告があったらすぐ命を絶てるか、自問する。ロミオの死体を見たジュリエットのように。答えはノーだった。さんざん涙を流し、毎日を命日みたいに過ごしたが、どうしても死ねない。後を追わないのは非人情だと思う一方で、やはり死ねないわたしがいた。

音弥の無事を知って最初に考えたのは、わたしはもう死ねない、ということだ。また、音弥の死を知らされてもわたしは死ねないのだ。

そして、わたしは一つのことを知った。死ねないなら生き続けるしかないのだと。

わたしはもう死ねない。死にたい思いは完膚なきまでに打ち砕かれ、こなごなになった。こなごなになったものは手早くかき集められ、どこかへ運ばれてしまった。それはもう戻ってこない。


引っかかることはもう一つある。

あまりに事細かに知ってしまうこと。静は調書をかいつまんで話してもよさそうなのに、丸ごとわたしに渡した。すべてを目の前に突きつけられる思い。

だが、これはかつてあったことだ。高校生の音弥がわたしと会っている時なにがあったか、静に逐一報告したのと同じ。そうやって、音弥と静は絆を確認し、わたしを共有した。そして、知ってもやめさせるどころか、「静も音弥も二人ともわたしには必要」と言ったのは、このわたし。

わたしを共有すること。それが切れたら、音弥の心中未遂によって今度はわたしと静の結びつきが生じた。

わたしたちは決して切れないつながりで結ばれている。家族を超えて、距離や時間を超えて。信じがたいほど、ゆるやかなつながりだ。でも、わたしたちにとって命綱だ。

わたしたちは命をかけ、プライドを捨てて綱の存在を確かめてきた。暗闇で手探りするように、あるいは盲人がなにかに触れて確認するように。

奇跡によって盲人に視力がよみがえるように、光はわたしたちに訪れるだろうか。影のなかでのたうち回った後、光へと顔を向ける。

それにわたしには責任がある。もしわたしがあそこまで音弥に同調しなかったら、つまりそのかさなかったら、音弥は人を「壊す」ことを選んだだろうか。影の力に捕われただろうか。

今度会う時は音弥が再び影に引きこまれないようにしなければ。それには、わたしたちは力を合わせなくてはならない。封の切られていない手紙を今開ける時だと、音弥に直接言うのだ。再びつながりを携えて。

やってみる価値はありそうだ。


心なしか、時は優しく穏やかに過ぎた。晴天の午後のティー・ルームで弦楽四重奏の生演奏に耳をくすぐられるような過ぎ方。

もうライブハウスやクラブに通わず、家にまっすぐ帰った。まず外階段の郵便受けを開ける。ダイレクトメールや宅配ピザの広告やエロチラシがほとんどだが、ごみがたまるのが嫌なので、毎日のぞく。

フリーター、女子大生、ＯＬ、人妻が出張するエロチラシに混じって、分厚い航空便が一通。手にしたとたん、肺がつぶれたかと思うほどわたしは息ができなかった。

封筒の裏には音弥の名前があった。

例によって手紙は恐ろしく短かった。分厚かったのは、エア・チケットが入っていたため。走り書きのような手紙には、チケットの使い方、後は「南部せんべい」を買ってきてくれ、とあった。

南部せんべい？

音弥の好物だ。よくある草加せんべいとは違い、原材料は小麦粉。ゴマやピーナッツを生地に練りこんで焼きあげている。淡白な味わい。

藤田嗣治の住んだ頃のパリじゃあるまいし、日本のものはほとんど揃うというのに、なんで？　かさばるし、機内持ちこみにしないと割れそうなほど薄い。まったく、もう。

果たしてわたしはパリに行くのか？
答えはわかりきっていた。でなければ、南部せんべいにこうも腹を立てない。

X

チケットを受け取ってから、パリのシャルル・ド・ゴール空港に着くまでかなりの時間がかかった。おかげでチケットを払い戻し、買い直した。

季節は冬真盛りだ。着陸する頃に、機内から分厚い雪雲がはっきりと見えた。実際、雪の降るのがもっと早かったら、着陸が危ぶまれるところだった。荷物を受け取って、到着エリアに足を踏みだすと、出迎えの人々は揃ってダウンジャケットやコートで着ぶくれている。

わたしは上にコートを載せたワゴンを押しながら、指定されたナンバーの出口を探した。この空港の通路はドーナッツ状だ。弧を描きながら歩くと、クリスマスや新年が過ぎたせいか、どこか手抜きじみた広告が目に入った。

ようやくたどり着けた、と思いながら。


振り返ると、静が思い浮かぶ。

研究員として招かれた夫とともに、静はシドニーへ行った。静の夫が先に現地に向かい、住む場所が決まってから静を呼び寄せる段取りになっていた。

静の夫が発ってから、わたしたちは毎日のように会った。それぞれの家に行き、夕食を作って食べ、CDを聞きながらしゃべった。口を利かない日もある。黙るのはいつも静だった。わたしは静がしゃべる気分に戻るのを待つ。沈黙はわたしたちにとって苦ではない。

沈黙の間、クラシックが流れていた。クラシックをよく聴くようになると、わたしはまた愛着を覚えた。

そんな日は長く続かず、出発が訪れた。

出発の日、わたしは空港まで見送りに行った。

「もう、簡単には会えないと思う。彼は日本より海外で研究したがっているの」静は言った。

「わたしは博ちゃんも音弥も忘れないわ、どこにいてもね」

「静、ほんとうに結婚生活を続けるの？　いいの、それで」

この話題はわたしたちの間で始終取りあげられていた。

「いいの。繰り返すけど、欠落を埋めるために努力するの、嫌じゃないのよ」

言って静はにこにこと笑った。しばらくなにも言わずに、わたしはその笑顔を見つめていた。静の便のアナウンスが頭上で流れた。

「静」とわたしは呼びかけた。

「辛くなったら、戻っておいでよ」

静はうなずくと同時に泣いていた。わたしははじめて静の涙を見た。静はわたしに近づいてキスした。わたしはずっと音弥から静あてのキスを預かっていたことを打ち明けた。

「いかにも音弥が言いそう。じゃ、戻しておいてね」と、またキスした。振り向いてわたしたちを見る人がいたが、それがなんだというのだ。

「さようなら」

静は顔一杯に笑みを浮かべたまま、出国審査のためエスカレータに乗った。降りる間中、身をよじって、わたしを見つめていた。目から涙がいくすじも流れ落ちた。


数ヶ月後同じく出国審査を受け、パリ行きの飛行機にわたしも乗った。手に取った機内誌には、音弥のインタヴューが載っていた。

音弥はカムバックし、アルバムを数枚出した。静がシドニーに行かなかったら、わたしはもっと早くパリに着く予定だった。静が発ったら、音弥はカムバックで忙しくなった。体調が思わしくないためコンサートはできなかったが、アルバムは驚くほど売れた。日本より海外で好評だったため、プロモーションで出かけることが多かった。わたしがパリに着いても行き違いになると知らせてきた。

ただ日本には来なかった。


機内誌のインタヴューは長めだった。機内のステレオにアルバムが入っているから、それに合わせた記事なのだろう。

まず復帰第一作アルバムのモーツアルトのピアノ・ソナタについてだった。

録音するとしたら、モーツアルトしかないと考えていました。選択の余地はなかった。もし無人島に流れ着いてピアノがあったら、弾くのはモーツアルトです。

音弥はそう発言していた。

ご存知のとおり、アルバムを出すまで僕はろくなことをしていませんでした。人を損なうこともしでかしました。僕は死ねなかった。ということは生きて贖え、ということです。でも、僕にできることはピアノしかない。

とにかく、僕はとても傲慢でした。ある意味では孤独で辛い目にもあってきましたが。それでもおごっていて、また助長する才能が、といってもピアノに限られますが、ありました。

でも、モーツアルトだけは僕の才能と技術と努力を総動員しても、なにかすり抜けていくんです。それがはがゆくて、またモーツアルトがここまでおいでと、揶揄するように思えてならなかった。バッハやベートーベンやブラームスは僕の工夫を受け入れ華々しくはじけました。せっかくフランスにいるからと学んだドビュッシーやラヴェルも好評でした。聴衆も出来には満足だったと思います。カムバックの時にも、得意なレパートリーから選ぶように勧めた人がほとんどでした。

あの心中未遂以来、僕からなにかが損なわれたのです。荷物や家具が運びだされ、人が去ったがら空きの部屋のように、なにも僕には残らなかった。音楽を聴くのが嫌でたまらなくなり、ピアノなんか触れたくもない。パリにいても無人島に暮らすのと同じ孤独でうつろな日々を送りました。なにもかも出払った僕を、偶然耳にしたモーツアルトだけは優しく、けれど確実な手ざわりで包みました。それは悲しみに似ていました。それまで悲しみを感じても自覚がなかったと気づきました。そして、悲しみという感情はそう悪くない、とも。

インタヴュー者は音弥のプライベートな予定も訊いていた。

結婚のご予定をうかがっても？

かまいませんよ。僕は結婚をしないでしょう。結婚よりゆるやかなつながりにいるので充分です。

ピアノを弾き聴衆とつながるので満足するのですか？

インタヴュー者は訊き返している。

それもあります、と音弥は答えた。

こういう話があります。ポルトガルのファドの歌手は決して結婚しない人がいるそうです。結婚して幸福になるとファドが歌えなくなるという理由でね。ご存知のとおり、ファドは聴くと、身を切られるように悲しくなります。悲しさを保つために結婚をしないのでしょう。でも、僕はこうも思います。逆にファドを歌う幸福が強烈すぎて、日常生活での幸せを求めないのだ、と。また歌う幸福は裁きとも思えてならない。


指定の出口は近づいてきた。

出口のあたりはひどく寒い。ドアが開いたままだからだ。冷たい風と粉雪が吹きこみ、雪は白い煙幕を張った。

自動ドアが閉じ、雪の勢いが減る。薄れかけた煙幕のなかに人影があった。

音弥だ。

音弥は黒いカシミアのしなやかなコートを着て、首には白いマフラーをぐるぐる巻きにしている。きゅっとはめた手袋はしなやかな黒革。髪は短く丸刈りに近い。頬骨が突きでて、顔の肉はそぎ落としたように薄かった。まるで生きている骸骨。顔色も墓から出てきた、と言ってもおかしくない青白さだ。ただでさえ大きな瞳が痛々しく目立つ。


つながりを携えて会う。それは音弥を影の世界から脱出させようとしてのことだった。でも、目の前にいる音弥は、わたしがそれを試みる前に、神経を焼き切れそうな勢いで消耗させ、体力を人の倍のスピードで使うような酷使を自分に強いていたのだ。アルバムの立て続けの発売を思えば、容易に想像はつくはずだった。これが音弥が自らに課した裁きなのだ。

この人はもうわたしを必要としない。少なくとも人を「壊す」ためには。

不思議と寂しさはなかった。

自然とうつむいたわたしに音弥はスーツケースを下ろそうか、と申しでた。笑顔さえ浮かべて。

わたしは断り、コートとかさばる割には軽い南部せんべいの紙袋を持ってもらう。音弥はわたしの力仕事ぶりを感心しながら見守っている。

作業を終える。わたしはしがみつくようにして音弥を抱きしめた。腕に力を入れると音弥がよろけた。力をゆるめながら、わたしは気づく。

この人は死んでいないんだ。

粉雪が残した冷気はそのままだというのに、温かなものがわたしの内側から広がる。温かいものはわたしの目からもあふれでた。わたしが泣くと、音弥はうれしそうに手袋を外した指で涙をぬぐった。

考えていたつながりは途方もなくゆるやかなものになっている。それでも、預かったものは返さないとね。そのためにここまで来た。

わたしは音弥にキスをする。

「静から、よろしくって」

著者プロフィール

伊藤 桂（いとう かつら）

本名・伊藤 桂子（いとう けいこ）。
千葉県出身。
国学院大学卒業。

無人島のための音楽

2003年3月15日　初版第１刷発行

著　者　伊藤 桂
発行者　瓜谷 綱延
発行所　株式会社文芸社
〒160-0022　東京都新宿区新宿１－10－１
電話　03-5369-3060（編集）
03-5369-2299（販売）
振替　00190-8-728265

印刷所　株式会社平河工業社

ISBN4-8355-5099-4 C0093